1日10分のぜいたく

NHK国際放送が選んだ日本の名作

あさのあつこ いしいしんじ
小川糸 小池真理子 沢木耕太郎
重松清 髙田郁 山内マリコ

双葉文庫

1日10分のぜいたく

NHK国際放送が選んだ日本の名作

1日10分のぜいたく　NHK国際放送が選んだ日本の名作

もくじ

みどり色の記憶

あさのあつこ

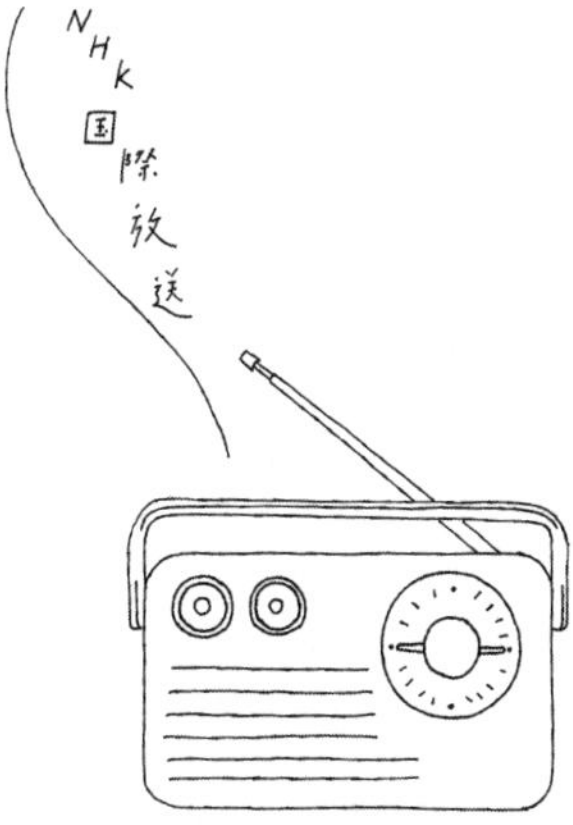

2015年4月25日初回放送

あさのあつこ

1954年岡山県生まれ。91年『ほたる館物語』でデビュー。97年『バッテリー』で野間児童文芸賞、99年『バッテリーII』で日本児童文学者協会賞、2005年『バッテリーI～VI』で小学館児童出版文化賞、11年『たまゆら』で島清恋愛文学賞を受賞。主な著書に「No.6」シリーズ、「ランナー」シリーズ、「弥勒」シリーズ、「燦」シリーズなどの他、『末ながく、お幸せに』『ぼくがきみを殺すまで』『ハリネズミは月を見上げる』など。

街は夕暮れの光の中で、淡い金色に輝いていた。その光を浴びながらコンビニエンスストアの前を過ぎまっすぐに歩く。

ふっといい匂いがした。焼きたてのパンの匂いだ。

「あら、千穂《ちほ》ちゃん、お久しぶり」

『ベーカリーYAMANO』のドアが開いて、白いエプロン姿の女の人が出てきた。丸い顔がにこにこ笑っている。優しげな笑顔だ。同級生の山野真奈《やまのまな》の母親だった。笑った目もとが真奈とよく似ている。小学生の時から真奈とは仲よしで、この店でよく焼きたてのパンやクッキーをごちそうになった。千穂は特に食パンが好きだった。窯から出されたばかりのほかほかの食パンは、バターもジャムも必要ないぐらいおいしいのだ。しかし、

「他人《ひと》さまのおうちで、たびたびごちそうになるなんて、はしたないわよ。もう、やめなさい。欲しいなら買ってあげるから」

母の美千恵《みちえ》にそう言われてから、『ベーカリーYAMANO』に寄るのをやめた。

美千恵はときどき、食パンやケーキを買ってきてくれる。有名な店の高価なケーキをおやつに出してくれたりもする。けれど、そんなにおいしいとは思えない。どんな有名店のケーキより、真奈たちとくすくす笑ったり、おしゃべりしたりしながら、口いっぱいに頬張《ほおば》ったパンのほうがずっとおいしい。

もう一度、ほかほかの食パンにかじりつきたい。

そんなことを考えたせいだろうか、キュルキュルとおなかが音をたてる。頬がほてった。

やだ、恥ずかしい。

しかし、山野のおばさんは気がつかなかったようだ。千穂の提《さ》げている布製のバッグをちらりと見やり、尋ねてきた。

「これから、塾?」

「はい」と答えた。バッグの中には塾で使う問題集とノートが入っている。

「千穂ちゃん、偉いわねえ。真面目《まじめ》に勉強して。それに比べて、うちの真奈ったら、受験なんてまだまだ先のことだって涼しい顔してるのよ。塾にも通ってないし。ほんと、千穂ちゃんをちょっとでも見習って、しっかりしてほしいわ」

そんなこと、ありません。

千穂は胸の内で、かぶりを振った。

真奈は偉いと思います。しっかり、自分の将来を考えてます。あたしなんかより、ずっと……。

「千穂、これ、まだ誰にも言ってないんだけど……あたし、お父さんみたいになりたいなって思ってるんだ。パン職人」

今日のお昼、一緒にお弁当を食べていた時、真奈がぼそりとつぶやいた。昼食の前、四時限めに、来年にひかえた受験に向けて志望校をどう決定していくか、どう絞《しぼ》っていくか、担任の教師から説明を受けたばかりだった。

「……高校受験というのは、ただの試験じゃない。きみたちの将来につながる選択をするということなんだ。具体的な職業までは無理としても、自分は将来、何がしたいのか、あるいはどんな人間になりたいのか、そういうことをじっくり考えて進路を選択してもらいたい。自分の意志が必要なんだ。自分の将来を自分自身で選択するという意志をもってもらいたい」

いつもはのんびりした口調の担任が、生徒一人一人の顔を見やりながら、きっぱりと言いきった。

意志をもってもらいたい。

その一言を千穂が心の中で反芻《はんすう》していた時、「パン職人」という言葉が耳に届いたのだった。

「なんかさ、うちのお父さん、普通のおじさんなんだけど、パンを作ってる時だけは、どうしてだかかっこよく見えるんだよね。作ったパンもおいしいしさ。お客さん、すごく嬉しそうな顔して買いに来てくれるんだよね。なんか、そういうの見てるといいかなって、すごくいいなって。もちろん、大変なのもわかってる。朝なんてめちゃくちゃ早いしさ、うちみたいに全部手作りだと、ほんと忙しいもの。嫌だなあって思ってた時もあったんだけど……実はね、千穂」

「うん」

「この前、お父さんと一緒にパン、作ってみたの」

「へぇ、真奈が？」

「うん。もちろん、売り物じゃなくて自分のおやつ用なんだけど、すごく楽しくて……あたし、パン作るの好きなんだって、本気で思った。だからね、高校卒業したらパンの専門学校に行きたいなって……思ってんだ」

少し照れているのか、頰を赤くして真奈がしゃべる。そこには確かな自分の意志があった。

真奈って、すごい。

心底から感心してしまう。すごいよ、真奈。

真奈が顔を覗き込んでくる。

「千穂は画家志望だよね。だったら、やっぱり芸術系の高校に行くの？」

「え……あ、それはわかんない」

「だって、千穂、昔から言ってたじゃない。絵描《えか》きさんになりたいって。あれ、本気だったでしょ？」

「……まあ。でも、それは……」

夢だから。口の中で呟き、目を伏せる。うつむいて、そっと唇を噛《か》んだ。

山野のおばさんに頭を下げて、また、歩きだす。さっきより少し足早になっていた。花屋、喫茶店、スーパーマーケット、ファストフードの店、写真館……見慣れた街の風景が千穂の傍《かたわ》らを過ぎていく。

足が止まった。

香りがした。とてもいい香りだ。焼きたてのパンとはまた違った芳《かんば》しい匂い。

立ち止まったまま視線を辺りに巡らせた。写真館と小さなレストランの間に細い道がのびている。アスファルトで固められていない土の道は緩《ゆる》やかな傾斜の上り坂になっていた。この坂の上には小さな公園がある。そして、そこには……。

大きな樹。

枝を四方に伸ばし、緑の葉を茂らせた大きな樹がある。小学校の三、四年生まで真奈たちとよく公園に遊びに行った。みんな、大樹がお気に入りで、競って登ったものだ。

あれは、今と同じ夏の初めだった。幹のまん中あたりまで登っていた千穂は足を踏み外し、枝から落ちたことがある。かなりの高さだったけれど奇跡的に無傷ですんだ。

しかし、その後、大樹の周りには高い柵《さく》が作られ簡単に近づくことができなくなった。木登りができなくなると、公園はにわかに退屈なつまらない場所となり、しだいに足が遠のいてしまった。中学生になってからは公園のことも、大樹のことも思い出すことなどほとんどなかった。

それなのに、今、よみがえる。

大きな樹。卵形の葉は、風が吹くとサワサワと優しい音を奏《かな》でる。息を吸い込むと、緑の香りが胸いっぱいに満ちてくる。

千穂は足の向きを変え、細い道を上る。どうしても、あの樹が見たくなったのだ。塾の時間が迫《せま》っていたけれど、我慢《がまん》できなかった。ふいに鼻腔《びこう》をくすぐった緑の香りが自分を誘っているように感じる。大樹が呼んでいるような気がする。

だけど、まだ、あるだろうか。とっくに切られちゃったかもしれない。切られてしまって、何もないかもしれない。

心が揺れる。ドキドキする。

「あっ！」

叫んでいた。大樹はあった。四方に枝を伸ばし、緑の葉を茂らせて立っていた。昔と同じだった。何も変わっていない。周りに設けられた囲いはぼろぼろになって、地面に倒れている。だけど、大樹はそのままだ。

千穂はカバンを放り出し、スニーカーを脱ぐと、太い幹に手をかけた。あちこちに小さな洞《ほら》やコブがある。登るのは簡単だった。

まん中あたり、千穂の腕ぐらいの太さの枝がにゅっと伸びている。足を滑らせた枝だろうか。よくわからない。枝に腰かけると、眼下に街が見渡せた。金色の風景だ。光で織った薄い布を街全部にふわりとかぶせたような金色の風景。そして、緑の香り。

そうだ、そうだ、こんな風景を眺めるたびに、胸がドキドキした。この香りを嗅《か》ぐたびに幸せな気持ちになった。そして思ったのだ。

あたし、絵を描《か》く人になりたい。

理屈じゃなかった。描きたいという気持ちが突き上げてきて、千穂の胸を強く叩いたのだ。そして今も思った。

描きたいなあ。

今、見ている美しい風景をカンバスに写し取りたい。

画家なんて大仰《おおぎょう》なものでなくていい。絵を描くことに関わる仕事がしたかった。

芸術科のある高校に行きたい。けれど母の美千恵には言い出せなかった。母からは、開業医の父の跡を継ぐために、医系コースのある進学校を受験するように言われていた。祖父も曽《そう》祖父も医者だったから、一人娘の千穂が医者を目ざすのは当然だと考えているのだ。芸術科なんてとんでもない話だろう。

絵描きになりたい？　千穂、あなた、何を考えてるの。絵を描くのなら趣味程度にしときなさい。夢みたいなこと言わないの。

そう、一笑《いっしょう》に付されるにちがいない。大きく、深く、ため息をつく。

お母さんはあたしの気持ちなんかわからない。わかろうとしない。なんでもかんでも押しつけて……あたし、ロボットじゃないのに。

ざわざわと葉が揺れた。

そうかな。

かすかな声が聞こえた。聞こえたような気がした。耳を澄ます。

そうかな、そうかな、本当にそうかな。

そうよ。お母さんは、あたしのことなんかこれっぽっちも考えてくれなくて、命令ばかりするの。

そうかな、そうかな、よく思い出してごらん。

緑の香りが強くなる。頭の中に記憶がきらめく。

千穂が枝から落ちたと聞いて美千恵は、血相をかえてとんできた。そして、泣きながら千穂を抱きしめたのだ。

「千穂、千穂、無事だったのね。よかった、よかった。生きていてよかった」

美千恵はぼろぼろと涙をこぼし、「よかったよかった」と何度も繰り返した。

「だいじな、だいじな私の千穂」そうも言った。母の胸に抱かれ、その温かさを感じながら、千穂も「ごめんなさい」を繰り返した。ごめんなさい、お母さん。ありがとう、お母さん。

思い出したかい？

うん、思い出した。

そうだった。この樹の下で、あたしはお母さんに抱きしめられたんだ。しっかりと抱きしめられた。

緑の香りを吸い込む。

これから家に帰り、ちゃんと話そう。あたしはどう生きたいのか、お母さんに伝えよう。ちゃんと伝えられる自信がなくて、ぶつかるのが怖くて、お母さんのせいにして逃げていた。そんなこと、もうやめよう。お母さんに、あたしの夢を聞いてもらうんだ。あたしの意志であたしの未来を決めるんだ。

大樹の幹をそっとなでる。

ありがとう。思い出させてくれてありがとう。

樹はもう何も言わなかった。

風が吹き、緑の香りがひときわ、濃くなった。千穂はもう一度、深くその香りを吸い込んでみた。

果物屋のたつ子さん
神主の白木さん

いしいしんじ

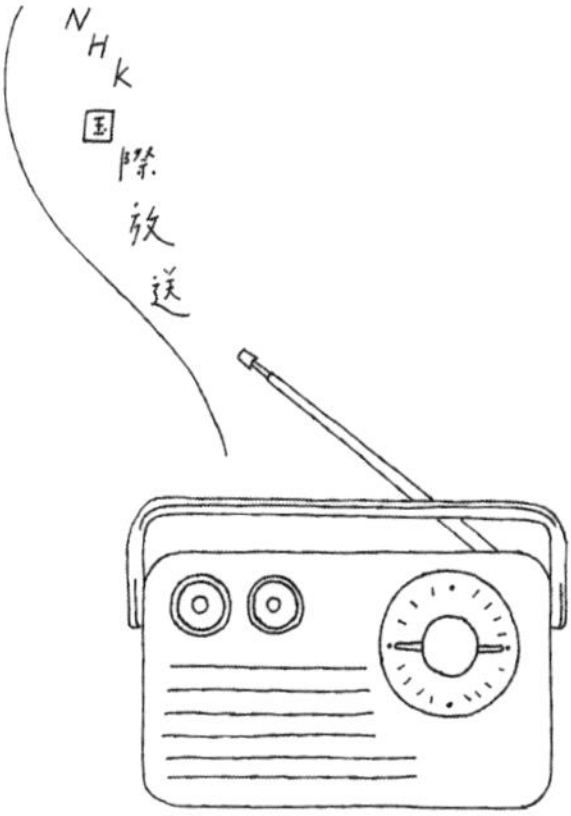

2014年9月27日初回放送

いしいしんじ

1966年大阪府生まれ。94年『アムステルダムの犬』でデビュー。2003年『麦ふみクーツェ』で坪田譲治文学賞、12年『ある一日』で織田作之助賞、16年『悪声』で河合隼雄物語賞を受賞。主な小説に『ぶらんこ乗り』『トリツカレ男』『プラネタリウムのふたご』『みずうみ』『海と山のピアノ』や、エッセイに『いしいしんじの音ぐらし』『毎日が一日だ』『且坐喫茶』など。

果物屋のたつ子さん

たつ子さんの店は、疎水《そすい》に面した四つ角に建っています。まわりには、看板をおろした空き家のバー、磨《す》りガラス窓の不動産屋。七十二歳になったいまも毎朝四時に起き、みずからトラックのハンドルをたぐって青物市場へ向かいます。孫のような年の仲買人たちが、目をこすりこすり、バナナやりんごの段ボール箱を彼女の荷台まで運んでくれる。たつ子さんは彼らに塩むすびをふるまいます。

たつ子さんはおもに、季節ごとの果物を商《あきな》っている。春にびわ、夏にはすいか。秋の梨《なし》に、真冬のみかん。昔から、果物の質には、いっさい妥協しません。

ごくいいものだけをたつ子さんは選んで、店頭にならべていました。景気のよかったころには、まわりのバーには、新鮮な季節の香りがみちみちていたものです。ただ、立派な果物もいつかは腐ります。繁華をきわめた飲食街も、いまは空き家ばかりとなり、店を訪れるお客たちも、年々数少なくなっていました。二年前、駅前に全国チェーンのスーパーができました。たつ子さんは、仕入れの箱数を、それまでの三分の一に減らしました。

毎日顔を見せるお客に、ロバ顔の、不動産屋のじいさんがいます。バーの店主たちに追い立てをくらわせたことを、いまも後悔していない、と胸を張っていいます。

「よう、たっちゃん」

たばこをくわえながら庇《ひさし》をくぐり、自分で椅子《いす》をだして堂々と腰掛ける。

「あいかわらず、静かなもんだ」

「そうだねえ」

たつ子さんがうなずくと、

「あんた、この世でいちばん気持ちのいい音は、いったいなんだと思うね」

「さあ、なんだろうかねえ」

じいさんはうっすら金歯を見せ、

「そいつはな、隣の家の蔵が、ある日崩れおちてく音よ」

たつ子さんはクスクスと笑います。

この店に最近、若い常連がひとりできた。近所のアパートへ越してきた、短髪の学生です。週に二度、眠たげな目つきでふらりとやってきては、傷《いた》んだものの特売箱から、りんごやバナナをとりあげます。すりきれたセーターに、裾《すそ》をまくりあげた作業ズボン。ほとんど喋《しゃべ》りませんが、品物を見るその目つきから、たつ子さんには彼がずいぶん果物好きらしいことがわかりました。北国の、山の生まれかもしれない。あそこか、それともあの地方かも、などと、ひそかに想像しています。

とある夕方、たつ子さんは買い物かごをさげ、疎水べりの道を歩いていました。かごにはカマスの開きがはいっています。初夏の夕陽がちろちろと水面をなめている。小さな橋の上を、ゴム製のサッカーボールがてんてんと転がってくる。たつ子さんは苦笑し、ボールのあとを追って、下駄《げた》をひきずり、アパートの自転車置き場にはいっていきました。

ボールはすぐに見つかりました。大きな袋に当たってとまったのです。たつ子さんはしばらくその場に立ちつくし、足下のものを見つめていました。子どもが追いついてきて、決まり悪げに顔をうかがう。すぐにボールを拾いあげ、疎水のほうへ駆けていきます。

翌日の昼間、いつもの風体でやってきた学生に、悪いけれどもう、あんたに果物は売れない、とたつ子さんはいいました。

「たべやしないのに」

冷静な口調ですが、声はわずかに震えています。

「買ってくれたものをどうしようが、お客さんの勝手だって、それはそうかもしれませんがね。でも、かわいそうですよ。まるで手をつけられないまま、あんなにひどく腐っちまうってのは、果物たちにしたらね、ほんとうに無念なことだったと思いますよ」

しばらく黙っていた学生は、苦しげに息をついて、しずかに話しはじめました。彼は画学生でした。ここしばらく、朝な夕な、果物のスケッチにとりくんできたのです。アルバイトに出かける以外、ほぼ一日部屋にこもり、絵の具にまみれて過ごしてきた。

「でも、奥さん、描いた果物は、全部たべていました。絵に写したあと、すべて平らげていたのです。ここの果物はどれも、ほんとうにおいしかった。早く描きあげて、それを口にいれるのが、筆を動かしながら楽しみでならなかったほどです」

四日前、画学校で合評会がありました。講師や先輩たちは、古くさい彼の絵を鼻で笑いとばしました。「編み物教室の隣で描いているような絵」というものもいた。その夜アルバイト先で、画学生は酔客を殴りました。非は客のほうにあったのですが、間の悪いことに婦人警官が三人、奥のテーブルで愚痴をこぼしあっている最中だった。彼は勾留され、アルバイトをくびになり、昨日ようやくアパートへもどりました。蒸し暑い部屋へはいると、置きざらしの果物から、煙のあがっているのが見えます。よくよく見ると、それは蠅《はえ》の群れでした。

「ひどい光景でした。蠅は果物だけでなく、あらゆるものにたかっていました。絵の具やカンバス、鏡、ぼく自身にも。一刻も早く捨てなくちゃと思った。ぼくは、片っ端からゴミ袋に詰め、窓から投げ捨てたのです。ほんとうに申し訳ありません。自分のやったことに吐き気がします。奥さんのすばらしい果物を、あんなふうに捨てるだなんて」

たつ子さんはしばらく黙っていました。そして席を立つと、奥の業務用冷蔵庫から、大きなグレープフルーツをとってきました。ごとくのような爪《つめ》で、さくさくと剝《む》く。これまで何千、何万個の果物を、大切に扱ってきた分厚い爪で、あっという間に剝いてしまう。

「さあ、おたべなさい」

薄皮を割り、たつ子さんはいいました。

「たべて、腐ったもののことは忘れちまいなさい。いまどきのグレープフルーツは、まったく目がさめるような味がしますよ」

画学生は頭をさげ、指を伸ばしました。ひとつ口へ入れるや、みずみずしい香気とともに、明るい霧のような笑みが、顔全体にひろがっていきます（おいしい果物をたべたなら誰もの顔がそうなる）。

画学生は翌日から、店先にイーゼルを立ててスケッチをはじめました。たつ子さんがそうするよう強く主張したのです。

「わたしは、絵のことなんてちんぷんかんぷんだけど、果物のことならわかる」

たつ子さんはいいました。

「果物の色は外で、太陽に当てて見るのがいちばんだ。あんなじめじめした部屋の暗がりじゃあ、腐ったような色にしか見えないよ」

「じめじめで悪かったたな」

不動産屋のじいさんが脇《わき》で口をとがらせ、

「そういう文句なら、大家にいってくれ」

盆休みに、画学生は帰省することになりました。たつ子さんのにらんでいたとおり、北国のうまれでした。冬は雪にとざされ、りんごの産地としても有名な山村です。学生は微笑《ほほえ》みながら、額にいれた絵を一枚、たつ子さんにプレゼントしました。そして古びたリュックを背負い、旅だっていきました。

渡された絵を胸元でちらとのぞき、たつ子さんは唖然《あぜん》となりました。数日前にしあがったというそれは、果物だけの絵ではなかったのです。

「よう、たっちゃん。俺にはわかるぜ」

じいさんはにやにやといいます。

「そこに描いてある絵がどんなものか、俺にはだいたい見当がつく」

たつ子さんは、さくらんぼのような頰を揺らし、照れくさげに笑いました。そして、ゆっくり席を立つと、布につつまれた画学生の贈り物を、レジのうしろに立てかけました。

神主の白木さん

神主さんの仕事は自宅でこそたいへんです。神社ではごく静かな八百万《やおよろず》の神々が、彼のうちでは、うっぷん晴らしのように、様々なことを要求してくるからです。

たとえば床の神は「ここ、しょうゆこぼれてる。拭《ふ》け拭け！」。横倒しになった文庫本の神は「おれの上に辞書なんか乗せるな、重い！」。お風呂場《ふろば》の砥石《といし》の神は「寒い、冷えてる！　こたつにいれてあったためろ！」

土瓶、座椅子《ざいす》。ガスコンロにスキー帽、あらゆるものに神様はいます。彼らの姿はむろん、修行を積んだ神主の目にしかみえません。なので近所のひとびとは、いやはや神主さん、なんて身ぎれいな暮らしぶりだろう、などと口々に噂《うわさ》します。けれどその裏で、神主は必死なのです。たまの休み、娘夫婦が孫を連れやってきたりする。彼らが帰ったあと、さんざ散らかったうちのなかを、神様たちのブーイングを浴びながら、神主は腰を折って、いちいち片付けていくのです。

神主同士、年に何度か、集まりあうときがあります。ここでなら、どんなあらぶる神も安らかになる巨大な神棚の下で、三、四人が車座になって、杯を交わしあうのです。

「うるさくて先月、耳栓を買ったのですが」

四十過ぎの若い神主が苦笑して、

「息がつまる、息がつまる！　いきなり耳栓の神が叫びはじめましたよ」

六十がらみの白ひげ神主、白木《しらき》さんはうなずき、

「あれらすべて、わしらにしか話しかけられないわけでね。そういうのが何百、何千年もつづくってのは、きっと、たまらん気持ちだと思うわけだ。な、たがいにがんばろうや」

集会から帰った白木さんは、灯りをつけ、服を脱ぎはじめます。少し酔っているせいで足下がおぼつかない。靴下をとり、股引《ももひき》を脱ぎかけたところで、よろよろとふらつきます。足をふんばったとたん、

「ビリッ！」

神主の耳の底に、かすかな悲鳴が残りました。古びた股引は、股《また》の部分でまっぷたつに破れていました。居間のゆかた、どてらなどから、しくしくと泣き声がもれてきます。

翌朝、神主は股引をていねいにたたみ、井戸水を頭からかぶったあと、白装束にきがえます。うやうやしく股引を捧《ささ》げもち、神社の奥に進みます。奉納をはじめる神主の姿を近所のひとがみていました。こんなことがよくあるせいで、あのひと、身ぎれいにしているが、相当の変人だよ、といわれるのです。

バーバのかき氷

小川糸

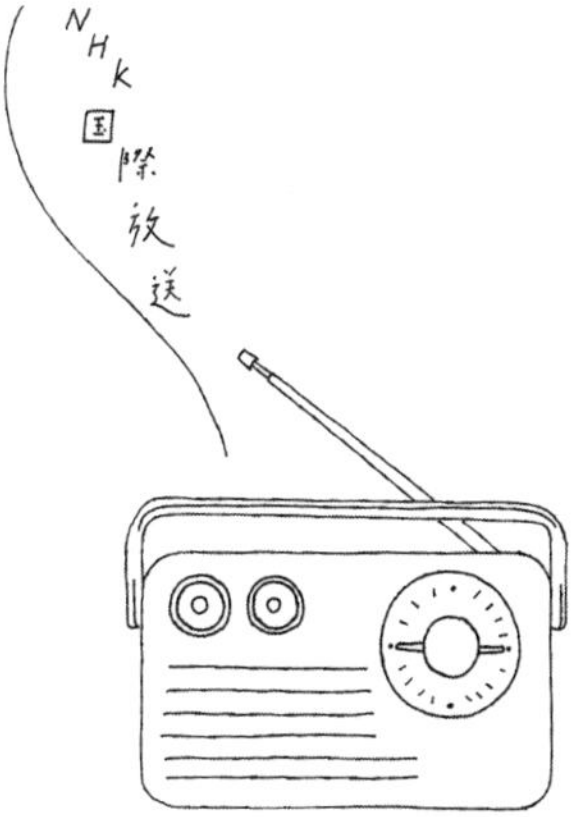

2017年6月17・24日初回放送

小川 糸（おがわ いと）

1973年山形県生まれ。2008年『食堂かたつむり』でデビュー。同作は11年にイタリアのバンカレッラ賞、13年にフランスのウジェニー・ブラジエ小説賞を受賞。主な小説に『つるかめ助産院』『サーカスの夜に』『ツバキ文具店』『キラキラ共和国』『ライオンのおやつ』や、エッセイに『育てて、紡ぐ。暮らしの根っこ 日々の習慣と愛用品』『ぷかぷか天国』『旅ごはん』など。

はーなちゃん、だって。笑っちゃう。あんなに喧嘩《けんか》ばっかりしていたくせに。そもそも、おばあちゃんをそんな風に呼ぶもんじゃありません、といつだったか目くじら立てて怒ったのは、どこの誰だっけ。あの頃、バーバはまだバーバだった。もちろん、今だって、バーバはバーバだけど。

ママは私にも、はなちゃんと呼べと言う。おばあちゃんはもう、子供に戻ったんだから、と。精神年齢は、マユと、同級生くらいなんじゃない？　いや、もっと下か。ほらマユ、下に弟か妹が欲しいって、前に言ってたじゃない。だから、はなちゃんをマユの妹だと思えばいいんじゃないの？　なんて、平気でぬかす。身勝手もいいところだ。

前って、いったいいつのことよ？　子供がどうやって出来るかを知ってしまった日から、私はそういうことを軽々しく口にできなくなった。そんなこと、とっくに忘れているし時効なのに、ママはたまに、ものすごく古い事柄を平気で持ち出してくる。それに、目の前のベッドに横たわる老人が、同級生？　妹？　逆立ちしたって、そんなの無理だ。いつからママは、強靭《きょうじん》な鎧《よろい》を脱ぎ捨てたのだろう。

おばあちゃんの様子がちょっと変なの。確かあれは、私が小学五年生になる少し前だった。食器を洗いながら、ママはぽつりと言った。ママのこと、一瞬、誰だかわからなかったみたいなの。ママは、不安を打ち消すみたいに、フライパンにこびりついた汚れを必死に洗い落としていた。けれど、不安はやがて現実のものとなった。

バーバは、まず最初にママを消去した。私は、バーバの悪口をいっぱい言った罰だと思った。ざまあみろ、と内心ママを嘲笑《あざわら》っていた。でも、ほどなく私も消去された。みんなみんな、消去された。だから、全員おあいこだ。バーバは今、バーバ一人しか住んでいないお城のお姫様として君臨する。そのお城には、茨《いばら》で作った生垣がぐるり巡らされていて、部外者は容易に侵入できない。

バーバの様子がおかしくなって、私達は、バーバが住んでいた団地の近くのアパートに引っ越した。ちょうどよかった、とママは強がった。家族三人で住んでいたマンションに私とママは残って住んでいたけど、仕事の都合で、パパと、パパの愛人だった人も、同じ町に住んでいたからだ。私達が出ていくのは筋が違うでしょう、と言い張ってママはその町から動こうとしなかった。でも、私はいつも、どこかでパパに会っちゃうんじゃないかと、びくびくしながら暮らしていた。パパだけならまだしも、パパの新しい家族に会っちゃったら、お互いに気まずくなる。

だから、せいせいした、とママは言ったのだ。敗北する形ではなく、新たな理由を掲げて引っ越せたから。これで、スーパーマーケットや公園で、いちいちパパを探さなくてもよくなる。私も、せいせいした。というか、ホッとした。

ママは最後まで、バーバの面倒を自分で見ようとした。それは、娘の私から見てもいじらしいほどだった。朝、運送会社での事務の仕事に行く前にバーバの様子を見に団地に立ち寄り、昼間は会社を抜け出してバーバとお昼を食べ、夕方仕事が終わったら、またバーバの晩ご飯を作りに団地に寄る。そんな生活、長くは続かないと、子供心にそう思っていた。でも、ママはがんばった。そういう生活を二年近く、続けたことになる。しかも、バーバの面倒を見ているママは、なんだか幸せそうだった。

でも、ある日ママは会社で倒れた。青白い顔で横になっているママに、私は涙を流して訴えた。ママ、ママが死んじゃうよ。そしたら私、孤児になっちゃう。

本気だった。本当に、このままではバーバよりも先にママが死んでしまうと思ったのだ。

バーバは、数週間前からこのホームに入居した。きれいだし、優しい人達がいつも明るく声をかけてくれるし、同じ境遇の王様やお姫様もたくさんいる。だけど、バーバは食事をほとんど受け付けなくなった。見た目は私の食べている給食なんかより、ずっとずっと美味《おい》しそうなのに。

それで今日は、ママが家からお弁当を作って持ってきたのだ。料理、得意じゃないくせに。私の運動会にだって、そんな豪勢なお弁当、作ったためしがないくせに。

「はーなちゃん、あーん」

ママは根気よく、バーバの口元に食べ物を運ぶ。ホウレンソウの胡麻和《ごまあ》え、切干大根の煮物、炊《た》き込みご飯、卵焼き。何箇所かにプチトマトも散らして。全部今朝、ママが早起きして作ってきたものだ。でも、どれも拒否。バーバのくちびるは開かずの扉となり、頑《かたく》なに閉ざされたまま動かない。

「はーなちゃん、はい、もう一回、あーんして」

それでもママは、バーバの口元に食べ物を運び続ける。そんな時、ママの口は「へ」の字に歪《ゆが》み、眉間《みけん》には溝のように深い皺《しわ》が刻まれている。私は、見てはいけないものを見てしまったような後ろめたい気になって、一瞬、目を逸《そ》らしてしまう。そして、ママの心が、火山みたいに大爆発するんじゃないかと身構える。でも、実際のママは爆発しない。ただ、その表情をもっと濃くするだけだ。何もできない分だけ、私はより切なくなる。私がバーバのお弁当を食べたところで、ママの悲しみは癒《いや》されない。

ママは困った顔のまま、お弁当のおかずをバーバの口に入れるのをあきらめ、保存容器にふたをした。また、これが私達の夕飯になる。他のおかずの油分がついたテカテカ光るプチトマト、私はあれ、大っ嫌いなんだけど。

今日から、夏休みが始まった。カーテンの向こうに、青空が透けて見える。やっと長い梅雨が明けた。開け放った窓から、そよ風が入ってきて、まるでカーテンが呼吸をしているみたいに、膨らんだり凹んだりする。ママは、簡易ソファの上に横になった。そんなママを労《いたわ》るように、またそよ風が吹いてきて、ママの額を優しく撫《な》でている。

「お母さん、ちょっと休むから、マユ、はなちゃんのそばにいてあげてね」

ママは言った。

私は、バーバにそっと近づく。そして、バーバの周りに漂う空気を、思いっきり肺に流し込んだ。

果物が腐る寸前のような、熟した甘い匂《にお》い。バーバに近づくと、林檎《りんご》と梨《なし》と桃を混ぜたような匂いがする。そして、この匂いを嗅《か》ぐたびに、私は生まれて初めてチーズを食べた時のことを思い出してしまう。

あれは、パパの誕生日だったのか。それともパパとママの結婚記念日だったのか。その日両親はワインを飲んでいた。そして、テーブルには何種類かのチーズが並んでいた。

マユも食べてみるか。パパに差し出された一切れを口に含んだ私は、うぇっとすぐに吐き出した。パパ、まずいよ、これ。マユはまだ子供なんだなぁ、パパは顔をしかめる私をうれしそうに眺めていた。だって、腐ってるじゃん。私は抗議するように言った。腐っているんじゃないよ、醸《かも》しているんだよ。パパは、私が吐き出したのと同じチーズを幸せそうに口に放り、それから足の長いグラスを掲げて真っ赤なワインを飲み干した。そして言ったのだ。腐敗することと発酵することは、似ているけど違うんだよ。どう違うのかは、パパも上手に説明できないけど。

その時、ママがどういう顔をしていたのか、思い出せない。私は、ちぐはぐな両親の蝶番《ちょうつがい》となるべく、幼い子役を演じるのに必死だった。だから、もし今パパがそばにいるのなら、真っ先に尋ねたい。バーバは腐敗しているのか、それとも発酵しているのか。

私は、お人形遊びをするように、バーバの白い髪の毛をもてあそぶ。バーバの髪の毛をいじることを、ママはあまり良しとしない。でも私は、そうされている時のバーバはとても気持ちよさそうだと感じている。今日は、髪の毛を左右二つに分けて、三つ編みに結んでみる。本当に、柔らかくてお人形みたいだ。私が持っているカラーゴムで、左右の端を結んであげた。そして、私は耳元で囁《ささや》く。

「バーバ、おなかすかない？　私のキャラメル、食べる？」

ママの言い方が移って、幼い子供に話しかけるような口調になった。私は、箱からキャラメルを一つ取り出し、紙を剥《む》いてバーバの口元に持っていこうとする。と、その時、バーバの口元がふわりと緩んで、かすかに「ふ」という音がした。

「ふ？　ふって何？　このキャラメルは、熱くないから、ふーふーはしなくていいんだよ」

バーバが何かに反応したことに慌《あわ》ててしまい、早口になった。けれど、いざ私がキャラメルをバーバの口に入れようとすると、バーバはまたきゅっとくちびるを閉ざしてしまう。

「はい、あーん」

ママと同じ、甘ったるい声になった。すると今度は、バーバの右手がすーっと伸びて、窓の向こうを指差す。普段は直射日光が眩《まぶ》しいので、薄い方のカーテンは閉めたままだ。

「お外、見たいの？」

しっかりとバーバの目を見て尋ねると、バーバはまた、「ふ」という音を漏らした。

じゃあ、ちょっとだけだよ、そう言って、私はバーバの寝ているベッドを離れ、窓辺に移動する。それから、カーテンを開けた。その時、

「バーバ、もしかして、ふって富士山の、ふ？」

ふとひらめいたのだ。その瞬間、バーバの薄曇りのような色の奥まった瞳《ひとみ》が、ピ

カッと輝いたように見えた。

あまりにも当たり前に存在するので見慣れてしまい、忘れそうになっているけど、私達が暮らしている町からは、富士山がよく見える。昨日まで大雨が降っていたから、空気がいつもより澄んでいるのかもしれない。富士山は、ホームの窓から見える景色の中で、しっかりとした輪郭を現わしている。

「これでいい？　バーバ、富士山が見たかったんだね」

カーテンを開けたせいで、ますます心地よい風が流れ込んでくる。ママは、すっかり眠っているらしい。けれど、まだバーバは、「ふ、ふ」とかすかな息を出す。マユならわかってくれるでしょ、と訴えかけるような表情で。

「見えない？　ほら、よーく目をこらすと、向こうに、富士山、見えるでしょ」

バーバは口元をほころばせ、くちびるをパクパクと動かしている。

「ん？　おなか空《す》いた？　やっぱりキャラメル食べてみる？」

そう言いかけた時、何かを思い出しそうになった。バーバのこの表情を、いつかどこかで見たことがある気がしたのだ。いつだっけ？　バーバの、はにかむような柔らかい表情。

あっ、そうだ。何年か前に家族みんなで、かき氷を食べに行った時だ。並んで並んで、やっと噂《うわさ》のかき氷にありつけた時、バーバは、言ったのだ。ほーら、マユちゃん、富士山みたいでしょう、って。あ、そうか、そういうことか‼

「バーバ、わかった、少し待ってて。マユ、かき氷買ってきてあげるから！」

気がつくと、大声で叫んでいた。私が騒々しく部屋を出て行こうとした時、ママが目を覚ました。

「マユ、どこ行くの？」

眠そうな気だるい声で尋ねるので、

「バーバ、富士山が食べたいんだよ、絶対にそうだよ、だから今」

そう言いかけると、

「富士山？」

ママは、不思議そうに本物の富士山の方を見つめる。

「だから、何年か前、みんなでかき氷を食べに行ったじゃない。あれだよ、あそこのなら、バーバ、食べられるんだって」

「だって、あの店は」

「わかってる！　でも、行くしかないでしょっ！」

じれったくなり、つい乱暴な声を出してしまう。けれど、そうしている間にも、バーバの体が変化していくようで怖かったのだ。私は、ホームに置いてあるクーラーボックスを肩に担《かつ》ぎ、猛然と部屋を飛び出した。廊下を走りながら、バーバが受け付けなかったキャラメルを、口の中に放り込む。

駐輪場に停めてあった自転車にまたがり、かき氷店を目指した。大雑把《おおざっぱ》に言うと、そこは、かつて家族三人で暮らしていた町の方角にある。道なら覚えている。ただ、パパの車で通った時の記憶だから、交通量の多い幹線道路を走らなくてはいけないけど。

夏休みで連休のせいか、車がかなり渋滞している。私は、臨機応変に歩道と車道を交互に走った。ぐんぐんと富士山が迫ってくる。急がなきゃ、急がなきゃ、気がつくと、猛スピードで走っていた。体が、風の一部になってしまいそうだった。

何かアクシデントが起きても不思議じゃなかったけど、何も起きずにかき氷の店まで辿《たど》り着く。でも、やっぱりここも、ものすごい人だかりだ。店の前に、長い行列ができている。どうしたら良いのだろう。このまま待っていたら、夜になってしまうかもしれない。私は、一心に店の奥へと突き進んだ。

この店では、天然氷というのを使っている。冬、プールのような所に水をためて自然の力で凍らせ、それを切り出して保管し、かき氷にするのだ。私は今でも普通の氷との違いがよくわからないけれど、パパはその氷の味をえらく褒めていた。この氷でウィスキーの水割り作ったら、うまいだろうなぁ、とか何とか言って。でも、今はそんな感傷に浸っている場合ではない。一秒でも早くバーバにかき氷を届けなければ……。

店の庭では、みんなうれしそうにかき氷を頬張っている。あの時も向日葵《ひまわり》が満開だった。確かに数年前、私達はこのままいつまでも同じメンバーでいることに、何の疑いももたず、ここでかき氷を口に含んだのだ。

「すみません」

勇気を振り絞り、窓の所で四角い氷を機械で削っているおじさんに声をかけた。でも、周りが騒がしくて聞こえなかったのか、無視されてしまう。

「すみません！」

二度目は、声を強くした。ようやくおじさんが、できたての氷の山に透明なシロップをかけながら私の方を見てくれる。けれど、その先の言葉が繋《つな》がらない。私はみるみる泣きたくなった。ただ、バーバにかき氷を食べさせたいだけなのに。どうしてこんなに悲しくなってしまうのだろう。けれど、早く言え、と何かが私の背中を強い力で前に押してくれたのだ。

「バーバが、いえ祖母が、もうすぐ死にそうなんです。それで最後に、ここのかき氷を食べたいって」

ぐっとくちびるを噛《か》みしめ、涙の落下を食い止める。一瞬、音という音が世界から消えた。どうしてそんなことを口走ったのか、自分でもよくわからなかった。ママとの会話でも、ずっと気をつけて避けて通ってきた、一文字の単語。それが口をついて出たことに、自分でも驚いてしまう。

「ちょっと待ってて」

子供の言葉など相手にしてくれないかと懸念《けねん》していたのに、おじさんはぶっきらぼうにそう言うと、またくるくると機械のレバーを回し始めた。目の前のカップに、白い氷の山ができていく。私は、ポケットから小銭を取り出した。かき氷一杯は買える。おじさんは、氷の小山の上から、透明なシロップをうやうやしくかけた。それを、クーラーボックスの中に入れてくれる。

「ありがとうございます!」

お金を払い、深々と頭を下げて、その場を立ち去った。

帰り道は、ますますスピードを上げて自転車を走らせる。クーラーボックスの中の小さな富士山が溶け出す前に、どうしてもバーバに届けなくてはならない。

「ただいま。バーバ、富士山、持ってきたよ」

ホームに戻ると、またカーテンが閉じられていて、部屋全体が飴《あめ》色に見える。クーラーボックスから、急いでかき氷を取り出した。もし全部溶けてしまっていたらと想像すると胸が潰《つぶ》れそうだったけれど、かき氷は、少し縮んだように見えるだけで、きちんと富士山の形を留めている。私は、ママにかき氷を手渡した。

「はーなちゃん、あーん」

ママはそう言いながら、バーバの口元に木製のスプーンを差し出す。バーバのくちびるは、うっすらと開いている。けれど、スプーンが滑り込めるほどの隙間《すきま》はない。

「マユが、一人で買いに行ってくれたんですよ」

ママの瞳から、つるんと一粒の涙が落ちる。やがてバーバは、何かを言いかけるように上下のくちびるを広げると、スプーンを受け入れた。

「おいしいでしょう？」

ママの声が湿っている。二度、三度と、バーバはスプーンの上のかき氷を吸い込んだ。そのたびに、目を閉じてうっとりとした表情を浮かべる。

私は確信する。バーバは今、数年前の夏の日、家族で行ったかき氷店のあの庭に帰っている。ごくり、と喉《のど》が鳴って、富士山の一部が、バーバの体の奥に染《し》み込んでいく。私は窓辺に移動して、カーテンをかきわけ外を見た。富士山が、オレンジ色に光っている。すると、マユ、とママが呼ぶ。

振り向くと、ほら、バーバがマユにも食べさせたいって、と、私を手招いている。驚いたことに、バーバは自分で木のスプーンを持っている。

近づくと、私の口にかき氷を含ませてくれた。同じように、ママの口にもかき氷を含ませてくれる。ママは明らかに、私よりも年下の少女の顔に戻っていた。

「おいしいねぇ」

舌の上のかき氷は、まるで冷たい綿のようだ。さーっと溶けて、消えてなくなる。体のすみずみにまで、爽《さわ》やかな風が吹き抜ける。

「眠くなってきちゃった」

そのままバーバのそばにいたら、泣いてしまいそうだったのだ。簡易ソファへ移動した。ママの前で泣くなんて、かっこ悪い。

「軽い熱中症かもしれないから、そこで少し休みなさい」

ママが、威厳たっぷりに命令する。バーバとママ、二人の世界を邪魔しないよう、横になってそっとまぶたを閉じる。

再び目を開けた時、部屋の中があまりに静かで、胸がどきゅんと真っ二つに折れそうになった。天井が、虹色《にじ》に輝いている。もしかして……。私は起き上がって一歩ずつベッドに近づいた。バーバの隣に、目をつぶったママがいる。私は、バーバの鼻先に手のひらを翳《かざ》した。よかった。バーバは、生きている。

くちびるの端が光っていたので、私はそこに自分の右手の人差指を当てた。そのまま口に含むと、甘い味がする。でも、さっきのかき氷のシロップの甘さじゃない。もっともっと、複雑に絡《から》み合うような味だ。やっぱり、バーバは今この瞬間も、甘く発酵し続けているのだ。

テンと月

小池真理子

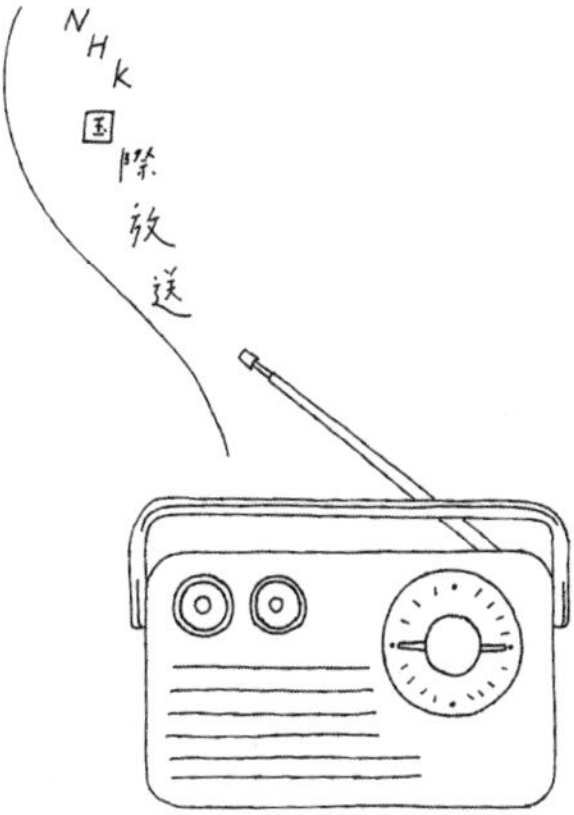

2019年2月16・23日初回放送

小池真理子（こいけ まりこ）

1952年東京都生まれ。85年『第三水曜日の情事』でデビュー。89年「妻の女友達」で日本推理作家協会賞短編部門、96年『恋』で直木賞、98年『欲望』で島清恋愛文学賞、2006年『虹の彼方』で柴田錬三郎賞、12年『無花果の森』で芸術選奨文部科学大臣賞、13年『沈黙のひと』で吉川英治文学賞を受賞。主な著書に『死に向かうアダージョ』『ノスタルジア』『怪談』『モンローが死んだ日』『異形のものたち』『死の島』など。

それはそれはもう、生き物がたくさんやって来る庭だった。

リス、たぬき、きつね、ヒメネズミ、猫、野うさぎ、ハクビシン、猿、蛇、もぐら、蛙、十何種類もの野鳥……。

庭の片隅を、大きなカモシカが悠然《ゆうぜん》と横切っていったこともあれば、ウリボウを三匹、間にはさんだイノシシの家族が、少し高台になっている庭正面の木立の向こうで、一列に並んでいたこともあった。夜遅く、大きなツキノワグマが庭木に登り、ドングリを食べているのを目撃したこともあったし、月夜の晩、二匹のムササビが木から木へと優雅に飛び交う姿を目にしたことも何度かあった。

だが、庭にテンが現れたのは初めてだった。

テン、という動物のことを女はよく知らない。図鑑か何かで見たことがある程度で、イタチに似た動物、ということ以外、何の知識もなかった。それなのに、どういうわけか、見たとたん、それがテンであることが女にはわかった。不思議だった。

きっかり一週間後には、引っ越し業者がやって来る。ここを引き払うことが正式に決まったのは三ヵ月前。まだ時間はあるし、荷物の整理はゆっくりやろう、と思ったのが運のつきで、いっこうに進まない。

やらなくちゃ、と焦りつつも気力がわかず、気がつくと古いアルバムやら黴《かび》のはえた古い手帳やらを前に、ぼんやりしている。今さら思い出しても詮ないことばかりを振り返っては、ため息をついたり、時に涙ぐんだり。過去など取り戻せるわけもないとわかっていて、すがるように古い写真に見入る自分が、他の何よりも女には煩《わずら》わしい。

泣いても笑っても、引っ越しまであと一週間。頼れる人間は誰もいなかった。経済的に余裕がないので、引っ越しのお任せパックなるものも利用していない。不用品の処分から梱包《こんぽう》作業にいたるまで、全部ひとりでやらねばならない。

一匹のテンがひょっこり庭に現れたのは、そんな女が覚悟を決めて、家中のあふれる荷物と向き合い始めた日の晩のことだった。

汚れたガラス窓のこちら側で、女は息をひそめてその美しい生き物を見守った。三月半ば。雪が残された庭の一角を、テンは行きつ戻りつし、くんくんとにおいを嗅ぎまわっていた。

室内の明かりがベランダにもれ、さらにそれは雪の上に流れていって、あたりを広くうすく、飴《あめ》色に照らし出している。女が少しでも動くと、テンは用心深く、こちらに顔を向ける。きりりとした顔つきである。逃げ出す準備を整えているようでいて、しかし、近くに何か食べ物のにおいでもするのか、なかなか立ち去ろうとしない。

琥珀《こはく》色をしたつややかな毛。顔が小さく、漆黒の丸い目が愛らしい。猫ほどの大きさ。どこか抜け目のなさそうな、野性味あふれる表情。身体はほっそりしているが、尾はふさふさと豊かである。

東京から越してきて、この森に囲まれた土地に小ぶりのペンションを建て、夫と共に経営を始めてから二十年。連日満室という恵まれた時期もあるにはあったが、長くは続かなかった。

駅や国道から遠く離れ、近くにゴルフ場やテニスコートもなければ、遊興施設も観光名所も何もない。自然に囲まれていることだけが取り柄とあっては、客足は遠のくばかりだった。

それでもなんとか頑張って、細々と維持してきたが、次第にどうにもならなくなった。夫はすっかりやる気を失い、夜な夜な町に出て行っては、堂々と朝帰りするようになった。

問い詰めると怒りだし、目をむいて暴れ出した。ストレスから女はいっとき、体調をくずして寝たり起きたりの生活を余儀なくされた。放置するしかなくなったペンションは、たちまち荒れ果て、地元では幽霊屋敷と噂される始末だった。

脱サラ男と、その夢につきあった妻の辿《たど》る、笑っちゃうくらいのお定まりのコース……夫と離婚話を進めていることを電話でおずおずと打ち明けた時、東京で独り暮らしをしている娘は、皮肉まじりにそう言い放った。

いくらなんでも、そんなふうに簡単に切り捨てられると深く傷つく。もっとやさしい言い方をしてちょうだいよ、お母さんの気持ちなんか、これっぽっちもわかんないくせに。思わず声をふるわせてそう言い返すと、娘はむくれ、「そう思うんだったら、いちいち電話なんかかけてこないでよ」と言うなり、通話を切ってしまった。

娘は娘で自分の人生を生きることで必死なのだ、とわかっていたが、置かれた親子の状況はあまりに情けなかった。その一本の電話をきっかけに、かろうじてつながっていた娘との関係も次第にぎくしゃくしていった。

しかし、すべては娘の言う通りであることを女は知っていた。自分は単に、夫の夢につきあっただけだった。ペンションを始めたかったのは自分ではない。夫だった。

勤めていた会社を辞め、借金をし、ローンを組んだ。夢が叶い、民宿だった建物の内装を替えてペンションが出来上がった時、夫は少年のように目を輝かせた。頑張るからな、一緒にやっていこうな、と言い、女は五月晴《さつきば》れの空の下、新緑の草が生えそろった庭で夫から抱きしめられた。そのまま黙りこくって動かなくなったので、奇妙に思っていると、夫が喉《のど》をつまらせながら嬉し泣きしていることがわかった。

すっかり情にほだされた形になった女は、以来、夫が喜ぶならば、と朝から晩まで働き続けた。客の食事作りから部屋の掃除、リネン類の洗濯、庭の草むしり……裏方の仕事はなんでもやった。

一方、料理が不得手だった夫は、台所仕事を女に任せ、客の前に姿をみせて給仕することだけに専念した。夜には宿泊客の輪の中に入って行き、学生のころに習い覚えたギターやウクレレをつまびいては歌を歌った。

そのうち、何を勘違いしてか、そんな夫に好意を寄せてくる若い娘も現れた。夫はすっかりその気になった。着るものの趣味も変わった。女を前にして、いかに自分がもてるか、ということを自慢した。

女が少しでも呆れた顔を見せると、怒りだした。おまえは男をたてるということを知らない、いやみな女だ、などと怒鳴りちらした。そのくせ、若い女性客を前にすれば、とびきりの笑顔を作りながらミルでコーヒー豆をひき、これまで女が聞いたこともないような外国の話などをして、悦に入《い》るのだった。

夫との間にできた娘は、生まれた時からおとなしい子だった。意見を言うことはめったになく、何を考えているのかわからなかったが、その分、問題も起こさなかった。両親が日々、忙しくしていたため、娘はいつも、森に囲まれたペンションの裏庭でひとり遊びしていた。かわいそうだと気にかけつつも、学校の送り迎えをしてやることだけで精一杯で、女はどうすることもできずにいた。

地元の高校を卒業した娘は、親に何の相談もなく、さっさと荷物をまとめると、東京に出ていった。職を転々としたようで、現在は都内の飲食店で働いている、ということしかわかっていない。

だが、人間たちが何を思おうが、どう苦しもうが、外界では判で押したように正確に、四季が美しく移ろっていった。そのことが、女にはいつも不思議でならなかった。花びらのように明るい春がくれば、森のそちこちで新しい生命が誕生する。子はたちまち大人になり、また交尾を始めて子をなした。そして時がたてば、そうした小さな生命の営みもひそかに人知れず幕をおろし、あとには何事もなかったかのように、東の空から日が昇り、西の空に沈んでいくことが静かに繰り返されるのだった。

交通の便がひどく悪い分だけ、地価が驚くほど安かったから、女の住まいは広々とした敷地の中にあった。建物も安普請《やすぶしん》だし、今では廃屋同然になってしまったが、庭だけは二十年前と何ひとつ変わっていない。むしろさらに、瑞々《みずみず》しさを増しているように女には思える。

木に掛けた野鳥の巣箱に大きな蛇が入りこみ、卵から孵《かえ》って巣立ちを待つばかりだったシジュウカラの雛《ひな》をすべてのみこんでしまったことがあった。容赦しない、という思いで鎌を手に蛇を追いたてたものの、女は結局、蛇を殺すことができなかった。

蛇に恨みはなかった。蛇も生きるために食べていかねばならない。雛を蛇に食われたシジュウカラとて、人間のように喪失感に苦しんだりはしないのだ。

季節がめぐれば、鳥たちはまた交尾して産卵する。雛が孵る。孵った雛たちの何割かは、雨で巣から落ちたり、カラスにやられたり、蛇にのまれたりして短い生命を終えるが、多くは無事に巣立っていく。

その強靭さも不思議なら、死期が近づくと森のどこかに、山のどこかに姿を消して、その無残な死骸を決して人に見せないのも、生き物たちの不思議だった。

このあたりには、幾多《いくた》の生命が息づいているはずなのに、道端や叢《くさむら》に彼らの死骸がむざむざと転がっているのを女は見たことがない。事故や他の動物の攻撃で絶命したもの以外、生き物はすべて、自分の生命を大地に返すという本能をもっている。

病院で、管という管につながれて、薬づけになって、一日中、殺風景な病室の壁を眺めながらさびしく死んでいくのは真っ平だ、と女は思う。自分もまた、死期が近づいたら生き物たちにならって姿をかくそう、とひそかに決めている。

そんなふうに生きてきた女が、この地を去ることになって初めて、庭に美しい野生のテンが現れたのだった。そのことに女は深い感動を覚えた。

キャットフードの、少し古くなったものが残っていたことを思い出した。テンはたぶん雑食だから、喜んで食べてくれるかもしれない。

そろりそろりと女は後じさった。古い床板が音をたてた。

キャットフードはキッチンの、物入れの中に入れてある。昨年、鳴り物入りで新しく発売され、飼っている虎猫が喜ぶかと思って買ってやった。だが、自分同様、老いている猫は、食べなれていない餌には見向きもしなかった。

右の踵《かかと》を床から離し、そっと後ろにつけた。次に左の踵を同じようにし、三、四歩だけだったが、後ろ向きに歩いた。床がまた、ぎしり、と音をたてた。

テンは女の動きを察し、動きを止めた。女が立っている部屋のカーテンは、ひどく汚れていたので、すでに取り外し、ゴミ袋の中に押し込んである。そのため、目隠しになるものが何もなく、女の動きは逐一、テンに伝わるようだった。

テンはわずかに、ぴくっ、と身体を震わせるようにしたかと思うと、素早く向きを変えた。尾をなびかせながら逃げ去る速さは、風のごとくだった。琥珀色の美しい風が、夜の庭を吹き抜けていったように見えた。

翌日の晩、女は不要になった陶器のボウルにキャットフードを山盛りにし、庭に出してやった。引っ越しのための片づけ物をしている間、テンは現れなかったが、翌朝見ると、ボウルはきれいに空《から》になっていた。

その晩もまた同じことをした。部屋の明かりを消して、しばらくの間、テンが現れるのを待ってみた。だが、女が起きている間、その晩もまた、キャットフードを食べに来るテンの姿を見ることはできずに終わった。

翌朝は、雨が降りしきっていた。前の晩と同様、空になったボウルに雨水がたまっているのが見えた。

ここにいられるのもあと少しだった。今夜は、餌を入れたボウルをベランダに置いてみよう、と女は思った。うまくすれば窓ガラス越しに、目と鼻の先で、餌を食べに来たテンを見ることができるかもしれない。

そう思うと、にわかに楽しくなった。夜が待ち遠しかった。

互いに離婚届にサインした日、夫は珍しく町には出かけなかった。その翌日も翌々日も家でじっとしていた。心なしか顔色が悪かった。

四日目の朝、別室で寝ていた夫は午後になっても起きて来なかった。部屋のドアをノックしてみたが、答えはなかった。夫はパジャマ姿のまま、ベッドから半身を落とし、息絶えていた。

死亡理由が不明だったため、夫の亡骸《なきがら》は行政解剖に附された。急性心不全だった。心臓が悪いという話はひとことも聞いていなかった。互いに身体の話、健康状態の話をしなくなって長いから当然とはいえ、あまりに意外な結末だった。あんなに別れたいと思ってはいたが、こんなふうに別れるつもりは毛筋ほどもなかったのに、と女は思った。

最後の最後まで自分勝手な男だ、私はずっと、あの男にふりまわされていたのだ、と思ったが、そんな子供じみた怒りは長続きせず、あとには深い喪失感だけが残った。離婚することになっていた夫に死なれて涙を流すのは、あからさまな孤独を自分で自分に突きつけたような気がしていやだったが、涙は容赦なく流れた。

夫が遺したペンションを再開させよう、という殊勝な気分になるのに、数ヵ月を要した。娘からは、「馬鹿じゃないの」と言われた。あんなにいやがってたのに。その年でまだ、そんなことをやる気なの？　熊やイノシシが出るようなところで、おばあさんになっても生きていく気？　信じられない。

ほんとはね、あんたに手伝ってほしいのよ。ここで一緒に暮らしたいのよ。そう言いたくなるのをこらえた。女は「大丈夫だから」と言って電話を切った。切った後で、猛烈に腹がたった。

熊やイノシシが出るようなところで暮らして何が悪い。動物だけを相手に暮らして何が悪い。これまで我慢に我慢を重ねて生きてきたけど、私だって自由に生きたいのよ。だからこれからは、自分の好きにやるのよ。

しかし、今になって考えてみれば、そんなふうに意地を通そうとしたのは、ただ単にこの庭から離れるのがいやだったからかもしれない、と女は思う。娘に言われるまでもなく、ペンションも土地もとっとと売り払い、好きな土地に行って暮らせばいい、とわかっていた。だが、女はどうしても、それができずにいたのだった。

夫はろくに財産を残さなかったが、生命保険金が入り、いくらか生活の不安は解消された。女はその金を使い、人を雇った。国道沿いにある町に住む四十代の主婦で、炊事洗濯掃除が大好き、というふれこみだったが、雇い主である女とはまもなくうまくいかなくなった。

その主婦が陰で「こんな古くさい流行遅れのペンションに、いまどき、お客なんか誰も来るわけがない」という内容のメールを主婦仲間に送り続け、給金が安いだの、客が来なくて暇にしているのに、どうでもいいような用事ばかり押しつけられる、といった悪口をふれまわっていたことが、女の耳に入ったからだった。

主婦をクビにし、女はペンションを畳むことに決めた。主婦が言っていた通り、客はほとんど来なかった。誰も来ないペンションを維持していくための金策も尽き果てていた。

老朽化した建物は言うに及ばず、土地もなかなか買い手がつかないまま時が流れた。ここでずっと一人で暮らし、老いさらばえ、虎猫と一緒に静かな最期を迎えるのだ、と思ったこともあるが、馬鹿げたことに、そうするためにもやはり、金は必要なのだった。

住みなれた東京に戻る、という選択肢しか残っていないのは自明の理だった。女は、娘に黙って、娘の住む町の近くに安い賃貸マンションを見つけ、いったんそこに居を移すことに決めた。

狭いが、ペット可、というマンションだった。老いぼれた虎猫も連れて行けるのがありがたかった。なにより、娘の住まいの近くに越せば、いつか自然に娘とも垣根をはずして交流できるのではないか、という淡い期待があった。だが同時に、そんなことは万にひとつも起こらない、ということが女にはわかっていた。

人生なんて、こんなもの。女は時々、自分に言いきかせるようにつぶやいた。こんなもの、こんなもの。だからって、悲観する必要もなけりゃ、絶望することもない。生き物はみな、こうやって生きている。

せっかく餌を運んで育てていたのに、蛇に雛をのみこまれてしまったシジュウカラ。出入りの食料品屋の軽トラックに轢《ひ》かれて死んだ、大きなヒキガエル。何か悪いものでも食べたのか、庭の外れの叢《くさむら》で、口から血を流して倒れていながら、よたよたとどこかに歩き去っていったハクビシン。そうだ。生き物はみな、そうやって生きている。どんな最期を迎えようが、どんな悲運にあおうが、文句ひとつ言わずに生きている。

そう考えると、女はいくらか救われた。そしてまた、なんとかして生きていこうと思えるようになるのだった。

キャットフードをいれたボウルをベランダに出してやった日の晩のこと。十時半ごろだった。納戸で不用品をゴミ袋に捨てていた時、女のそばで毛づくろいをしていた虎猫が、急に全身を細くし、ぴんと両耳をたてた。

どうしたの、と問いかけてみたが、応えなかった。猫は女のほうを見向きもせずに、納戸を出て行き、ベランダのあるホールのほうに音もなく走って行ったかと思うと、窓ガラスを前にしてぴたりと動きを止めた。

ホールの明かりは消えていたが、ベランダには外の電灯を灯してある。そのため、スポットライトを浴びたかのように鮮やかに、一匹のけものが女の目に飛びこんできた。

テンがボウルに顔を突っ込むようにし、キャットフードをすさまじい勢いで食べていた。汚れで曇ったガラス越しに、かりかりという威勢のいい歯音が聞こえてきた。時折、顔をあげ、女のほうを窺う。目と目が合う。愛らしさの奥に獰猛《どうもう》さを秘めた黒い二つの目。猫が興奮のあまりか、凍りついたように一切の動きを止めている。

庭の正面の、少し高台になっている一角にカラマツの木々の群生が見えている。未だ冬枯れたままの、その細い針のような枝に、冴え冴えとした黄色い月が懸《か》かっている。いびつな卵のような形をした臥待月《ふしまちづき》である。

テンは餌をかじっては顔をあげ、ガラス越しに女と猫を見つめ、またボウルに顔を突っ込む。かりかり、かりかり。せわしなく食べ続ける。

若く健康そうなテンだった。雄なのか雌なのか。繁殖の季節がもうじきやってくるのか。

月明かりを受けた森が青白く浮かびあがっている。女は息を止めるようにしながら、テンと月と夜の森を交互に見つめた。

自分自身がすでに、こちら側ではない、あちら側の世界にいるように感じられた。森も大地も夜空の月も、そしてテンも、女とひとつになっていた。たおやかで温かな、これまで感じたことのない優しい想いが女の中に湯のように拡《ひろ》がった。

死んでいった者たち、自分もふくめ、まだ死んではいないが、いずれ必ず死んでいく者たちに想いをはせた。死も生も、何ほどのこともないように思えた。

女の足元で身を固くしていた虎猫が、ぐぐっ、と威嚇《いかく》するように低く喉を鳴らした。テンがボウルから顔をあげた。虎猫が老いぼれとは思えないほどの勢いで立ち上がり、後ろ足で立つと、前足でガラスをひっかいた。

次の瞬間、テンは機敏な動きでベランダから飛び降りた。怖がっている、という様子はなかった。ただ、かかわるのは面倒だから、と言っているようにしか見えなかった。

美しい琥珀色の生き物は、リズミカルに愉しげに飛びはねながら、庭を駆け抜けていった。群青《ぐんじょう》色に染まった夜の向こうに、その姿がにじみ、とけていくのを女はこのうえもなく安らいだ気持ちで見送った。

あとには音も気配もなかった。ただ、しんしんと静かに大地を充《み》たす、月の光だけがあった。

ピアノのある場所

沢木耕太郎

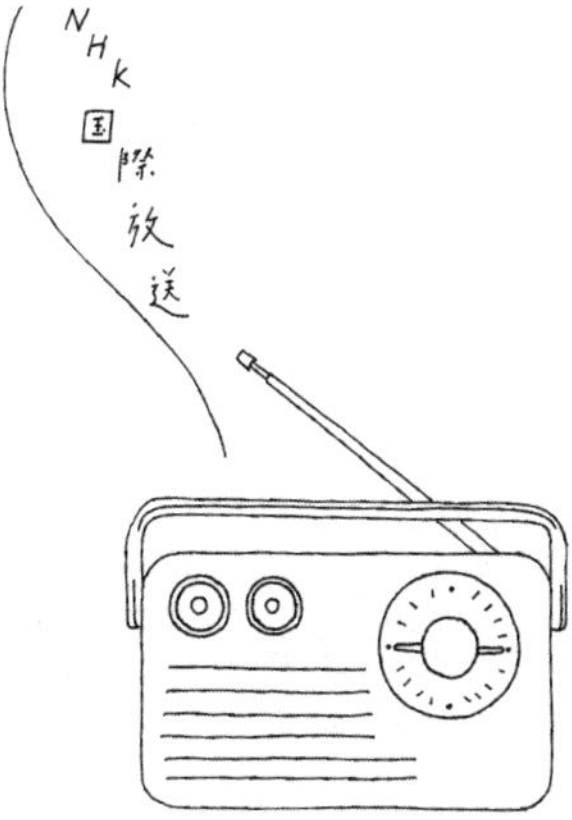

2014年11月22・29日初回放送

沢木耕太郎（さわき　こうたろう）

1947年東京都生まれ。70年「防人のブルース」でデビュー。79年『テロルの決算』で大宅壮一ノンフィクション賞、82年『一瞬の夏』で新田次郎文学賞、85年『バーボン・ストリート』で講談社エッセイ賞、93年『深夜特急　第三便』でＪＴＢ紀行文学賞、2003年それまでの作家活動に対して菊池寛賞、06年『凍』で講談社ノンフィクション賞、14年『キャパの十字架』で司馬遼太郎賞を受賞。主な小説に『波の音が消えるまで』『春に散る』や、エッセイに『銀河を渡る　全エッセイ』『旅のつばくろ』など。

厚いガラス扉の手前にオートロックの呼び出し用パネルがある。その前に立つと、ユミコは緊張した面持ちでしばらく盤面を見つめた。ユミコには初めての経験だったからだ。

右手の人差し指で、5と、1と、2を押し、少しあいだをおいてから「呼」と書いてあるところを押した。

ルルルルルという呼び出し音が聞こえてきた。

ユミコが耳をすますようにしていると、小さな網目もようのスピーカーからマリちゃんのお母さんの声がした。

「どなたですか」

ユミコは自分の名字を口にした。

「まあ、ユミコちゃん？」

マリちゃんのお母さんは驚いたように言った。

「マリはいまいないんだけど……お約束？」

「ええ……」

ユミコがあいまいな返事をすると、マリちゃんのお母さんはすぐにわかったらしく、少し早口になって言った。

「そう、ユミコちゃんとお約束していたのね。それなのに出かけてしまって……ほんとに困った子ね」

それを聞いて、ユミコは期待にふくらんでいた気持が急にしぼんでしまうような気がした。もうこれが最後だから日曜日に一緒に遊ぼうと言い出したのはマリちゃんの方だったのだ。

「それなら、いいんです」

帰ろうとすると、マリちゃんのお母さんが言った。

「ちょっとミドリちゃんのところに行っただけだから、家で待っていてもらえないかしら」

どうしよう、とユミコは思った。待つのはいいけれど、マリちゃんが約束を忘れてしまったのが悲しかった。

やっぱり帰ろう。

「いいです」

ユミコがそう言うと、お母さんはちょっと声を張り上げるようにして言った。

「お願いだから、こっちに上がってきてくれないかしら」

「ええ……」

「ねっ！」

そう言い終わらないうちに、目の前のガラスのドアが自動的に開いた。

ユミコは反射的に大きな植木鉢やソファーが置いてある広い玄関の中に足を踏み入れてしまった。

どうしよう。迷ったけれど、このまま帰ってしまうのはマリちゃんのお母さんに悪いような気がした。ユミコはつきあたりにあるエレベーターで五階に上がった。

エレベーターを降りて、通路を歩いていくと、５１２号室の扉を開けたまま、マリちゃんのお母さんが立って待ってくれていた。

リビングルームに案内してくれながら、お母さんが言った。

「マリに聞いたんだけど、転校するんですって？」

「はい」

ユミコはうなずいた。

「どこに引っ越すの」

「コオリヤマ」

「福島県の郡山？」

「そうです」

「どなたかがいらっしゃるの」

「おじいちゃんとおばあちゃん」

「そう」

ほんとうはもうひとりいる。おじさんがいるのだ。お母さんのお兄さんで、お嫁さんももらわないで家にいる。夏休みに行っても、何もしないで一日ぼんやりしている。いまのお父さんのように。

マリちゃんのお母さんは、どうして郡山に引っ越すのとはきいてこなかった。きかれたらどう答えたらいいかわからなかったのでほっとした。

ユミコが白いふかふかのソファーに腰を下ろすと、そこにマリちゃんのお父さんが奥の部屋から出てきて言った。

「いらっしゃい」

とても明るい声だった。背の高いお父さんは、白いポロシャツを着て、ジーパンをはいていた。

マリちゃんのお父さんと会うのは初めてだった。

「はじめまして」

ユミコが立ち上がって頭を下げると、やさしい口調でたずねてきた。

「約束してたんだって?」

どう答えていいかわからなくて口ごもっていると、お母さんが助けてくれるように言った。

「それで、いつ引っ越すの?」

「今度の土曜日です」

「そう」

お母さんはちょっと沈んだ声を出した。すると、お父さんが小さな声でつぶやいた。

「マリのやつ……」

そして、ユミコに向かって言った。

「ごめんね」

あまり二人がやさしいのでユミコはもう少しで涙が出そうになった。

一年前まではユミコのお父さんもやさしかった。日曜日には、車に乗って家族四人でいろいろなところに行った。ディズニーランドにも行ったし、デパートにも行った。でも、よく行ったのはダイエーやイトーヨーカドーだった。下着や洗剤を買ったりしたあとで、焼きそばやハンバーガーを食べて、晩ごはんのおかずを買って帰る。特別なことは何もしなかったけれど、ユミコは四人一緒にいるだけで楽しかった。

でも、一年前に急にお父さんがヘンになってしまったのだ。

カゼを引いて一週間会社を休んだ。すると、その次の週から会社に行かなくなってしまったのだ。一日中、小さな新聞を見て、鉛筆で印をつけると、どこかに行く。それしかしなくなった。そのうち、車がなくなってしまった。

お母さんはスーパーでパートをしていた。お父さんが働かなくなってからパートの時間を増やしたけれど、それでも生活ができなくなってしまった。

「どうして働かないの？」

あるとき、ユミコがたずねると、お父さんは答えた。

「ガソリンが切れてしまったんだよ」

「入れればいいじゃない」

ユミコが言うと、お父さんは悲しそうに言った。

「お父さんを動かせるガソリンはもうどこにもないんだよ」

ユミコにはわからなかったが、お父さんの言っていることはウソではないように思えた。あのカゼがお父さんのガソリンを切らしてしまったのだろうか。それとも、それはただのきっかけにすぎなかったのだろうか。

そして半月ほど前、お母さんとユミコと妹の三人だけでおじいちゃんとおばあちゃんの住む福島県に行くことになってしまった。お父さんがどこで暮らすのかはわからない。知りたかったがその話になるとお父さんもお母さんもすぐ話をそらしてしまう。そうしているうちに来週は引っ越しという日になった。ほんとうは夏休みまでは東京にいられるということだったのだけれど、どうやら家賃が払えなくなってしまったらしいのだ。

マリちゃんはクラス替えをして初めてできた友達だった。ユミコには上唇に小さな傷のあとがある。マリちゃんはそこをジロジロ見たりしなかったし、ほかの子のようにわざと「そこ、どうしたの？」ときくこともなかった。マリちゃんには少し自分勝手なところがあったけれど、ユミコにはその思いやりがあるだけでよかった。だから、ユミコは誰よりも先にマリちゃんに引っ越すことを話していた。すると、この日曜にうちで一緒に遊ぼうと誘ってくれたのだ。

ユミコはマリちゃんがそう言ってくれたことがとてもうれしかった。そして、自分の家で遊ぼうと言ってくれたことがもっとうれしかった。学校の帰りに何度かマリちゃんの家に寄って遊んだことがあったけれど、いつもきれいなお母さんがいて、とてもやさしくしてくれた。おやつに出してくれるケーキやクッキーもおいしかったし、紅茶を入れてくれるカップもきれいだった。

引っ越す前のいちばんの楽しみがマリちゃんと遊ぶことだった。それなのに約束を忘れてミドリちゃんのところに出かけてしまっている。

ユミコは悲しい気持を追い払うためマリちゃんのお母さんに言った。

「ピアノを弾かせてもらってもいいですか」

「あっ、そうだったわね。ユミコちゃんはピアノが好きだったものね。ピアノを弾いて待っていてくれる？」

お母さんはほっとしたようにそう言うと、リビングルームからマリちゃんの部屋に案内してくれた。そして、ピアノのふたを開けると言った。

「さあ、どうぞ」

ユミコはピアノの前の椅子《いす》に座りながら考えた。何を弾こうか。いま練習している「無邪気《むじゃき》」がいいだろうか。それとも一番好きな「アラベスク」がいいだろうか。まだ、「無邪気」はうまく弾けない。ユミコは、マリちゃんのお母さんには、上手に弾ける曲を聞いてもらいたいような気がした。

「じゃあ、ここで待っていてね」

お母さんが部屋を出て行くと、ユミコは「アラベスク」を弾きはじめた。いつもつっかえそうになる最後のところもすんなりといった。なんだか、いつもよりずっと上手に弾けたような気がした。

次に「子供の集会」を弾いた。それが終わると、「素直な心」を弾き、次に「牧歌」を弾いた。暗譜しているのはそれだけだったから、また「アラベスク」を最初から弾き直した。

しばらくすると、部屋にマリちゃんのお母さんが入ってきた。手にしたトレイに紅茶のカップとクッキーの皿がのっていた。小さなそのトレイにはバラの絵が描かれていた。

「さあ、ひとやすみして召し上がれ」

ユミコが手を休めて体を向けると、お母さんが言った。

「とても上手ね。習っているの？」

「いえ」

学童保育のときにそこにあるピアノを弾かせてもらっているだけだった。わからないところは学童の先生が教えてくれる。

その先生は、春休みの前に、すこし古いけどがまんしてね、といってブルクミュラーの「25の練習曲」という楽譜をプレゼントしてくれた。ユミコはうれしくて、それを最初から順に練習していき、いまは、五番目の「無邪気」という曲まで進むことができていた。

「マリもあなたくらい好きだったらいいのにね」

そう言ってお母さんはまた部屋を出ていった。

ユミコは、テレビのコマーシャルを思い出しながらその歌のメロディーを弾いたり、さっき弾いた四曲をまた繰り返し弾いたりしたが、マリちゃんはなかなか帰ってこなかった。

ドアの向こうで、マリちゃんのお母さんがお父さんに心配そうに話しかけているのが聞こえてきた。

「遅いわね」

「そうだなあ」

お母さんの声に比べるとお父さんは少しのんびりした声を出している。

「電話してみましょうか」

「そうだなあ」

しばらくすると、電話の番号を押す音が聞こえてきた。ミドリちゃんの家に電話をしたらしい。

お母さんはしばらくだれかと話していたが、電話を切るとお父さんに言った。

「もうだいぶ前に出たそうよ」

「そうか」

「どうかしたんじゃないかしら」

「そんなことはないだろうけど」

お父さんの声も少し心配そうになっている。

「もしかしたら、ユミコちゃんの家に行ったのかもしれないわね」

そんなことはないと思った。マリちゃんはわたしのことなんか忘れてしまったのだ。

「そうだなあ、もしかしたら行ったのかもしれないなあ」

マリちゃんのお父さんがそう言うのを聞くと、ユミコももしかしたらマリちゃんは家まで来てくれたのかもしれないという気がしはじめた。二人がそれぞれ相手の家を訪ねて入れ違いになる。そうして、反対の家で帰ってくるのを待っている。

もし、二人ともこのままずっと帰らなかったら……とユミコは考えた。そのまま反対の家の子供になってしまう。マリちゃんがわたしの家の子で、わたしがマリちゃんの家の子になる。そう思うと、ユミコはなんだかうれしくなってきた。この家の子になったら、いつでもこのピアノが弾ける。それに、やさしいお母さんとお父さんもいる。

このままマリちゃんが帰ってこなければいいのに。でも、ユミコはマリちゃんの部屋を出て、リビングルームに行った。

「あの……」

ユミコが呼びかけると、マリちゃんのお母さんとお父さんが同時に振り向いた。

「家に電話してきいてみましょうか」

二人はほんの一瞬とまどったような表情を浮かべたが、すぐにユミコが自分たちの会話を耳にしたことがわかったらしい。

「そうしてくれる」

マリちゃんのお母さんが言った。

「電話をお借りします」

ユミコは台の上にある薄いブルーの電話に近づくと、受話器を取ってボタンを押した。呼び出し音が七回鳴ってようやくお父さんが出てきた。お母さんは日曜も近くのスーパーでレジを打っている。

ユミコが、家にマリちゃんが訪ねてこなかったかときくと、お父さんはめんどうくさそうに言った。

「誰も来なかったよ」

それをマリちゃんのお母さんとお父さんに伝えた。すると、マリちゃんのお父さんが立ち上がって言った。

「ちょっと、見てくる」

「あなた、ミドリちゃんの家は知っていたかしら？」

お父さんはうなずくと、ケイタイ電話とキー・ホルダーをズボンのポケットに入れながら言った。

「心配しなくていいから」

お父さんがそう言って玄関を出ていってしまうと、お母さんが急に心配そうに言った。

「いったいどうしたんでしょうね」

ほんとうにどうしたんだろう。もしかしたら、だれかにユウカイされてしまったのかもしれない。そして、ユウカイされたまま帰ってこないかもしれない。どこか遠いところに連れていかれてしまうか、殺されてしまったりするのかもしれない。

ユミコがぼんやり考えていると、お母さんがひとりごとのように言った。

「事故にでもあったのかしら」

そうかもしれない。マリちゃんは交通事故にあったのかもしれない。大ケガをして、死んでしまったのかもしれない……。

そう考えて、ユミコは自分がマリちゃんが死ぬことを望んでいるみたいだと気がついた。

そして、こう思った。そんなことを望んでいると、ほんとうにそうなってしまうかもしれない。やさしかったころのお父さんが言っていたことがある。いいことは望んでもほんとうにならないけど、悪いことは心の中で思っているだけでほんとうになってしまうんだよ。わたしがマリちゃんのことをユウカイされたり事故にあったりすればいいと望んだりしていると、ほんとうにそうなってしまうかもしれない。そんなことを考えるのはやめよう。

「マリは注意力が散漫なところがあるから……」

お母さんにこんな心配をかけているマリちゃんが少しにくらしくなってきた。それに、マリちゃんはわたしとの約束を破ってミドリちゃんの家に行ってしまった。そんな子はもうこの家に帰ってこなくてもいい。わたしがこのうちの子供になってあげる。

しかし、すぐにこう思った。でも、もしマリちゃんが帰ってこなかったら、マリちゃんのお母さんはとても悲しむだろう。

マリちゃんが帰ってこないことを望むのか。それとも無事に戻ってくることを望むのか……。

そして、ユミコは心の中で決めた。

帰ってこなくていい。

わたしが来るのを知っていながら出かけてしまったマリちゃん。こんなにやさしいお母さんを心配させているマリちゃん。あんなにいいピアノがあるのに少しも練習しないマリちゃん。そんなマリちゃんはこのうちの子の資格がない。わたしだったらもっといい子でいるだろう。

ふと、もしマリちゃんが帰ってこなければ、ほんとうに自分がこの家の子になれるような気がした。すると、急に胸がドキドキしてきた。

ユミコがまたマリちゃんの部屋に戻ってピアノを弾いていると、リビングルームでルルルと電話が鳴るのが聞こえてきた。ユミコは鍵盤《けんばん》の上の手を動かすのを止《や》め、息をこらして耳をすませた。

「もしもし……」

マリちゃんのお母さんの心配したような声が聞こえた。電話は誰からなのだろう。交番のおまわりさんかもしれない。それともユウカイの犯人からかもしれない。

「まあ！」

お母さんの声が急に明るくなった。

「そうだったの。早く連れて帰ってきてね」

電話の相手はマリちゃんのお父さんだったらしい。

お母さんはマリちゃんの部屋に入ってくると、ユミコにほっとしたような声で言った。

「あの子、本屋さんでマンガをずっと立ち読みしていたんですって」

きっとあそこだ、とユミコは思った。ゲームやコミックを安く売っているあの店だ。わたしが教えてあげたのに、どうして店に入ったときにわたしのことを思い出さなかったんだろう。どうして今日のこの約束を思い出さなかったんだろう。

ユミコは、最初にマリちゃんがいないと知ったときよりもっと悲しくなったけれど、できるだけ明るい声で言った。

「よかった！」

「もうすぐ帰ってくるから、それまで待っていてね」

でも、帰ろうと思った。マリちゃんが帰ってきても、もうすることがないのがわかっていた。よく考えてみれば、別にマリちゃんとなんか遊びたくなかったのだ。ここに来たかったのはピアノを弾かせてもらいたかったのと、マリちゃんのお母さんと話をしたかったからだった。ピアノは弾いた。お母さんにはおいしい紅茶をいれてもらった。それに、もうこの家に帰ってこなくていい、と心の中で決めたマリちゃんに会うことはできない。

「帰ります」

ユミコが言うと、お母さんが肩に手をかけて言った。

「待っていて、もう帰ってくると思うから」

「でも、遅くなるとうちで心配するから」

家にはだれも心配する人なんかいなかったけれど、ユミコははっきりとした口調で言った。

「そう、ごめんなさいね」

マリちゃんのお母さんはとてもつらそうに言った。

途中でお父さんに連れられたマリちゃんに会ったりしないように、急いでエレベーターで一階まで降り、外に出るとすぐ細い路地のところを曲がった。

少し遠まわりになったけれど、もうマリちゃんたちに出会わないというところまで走り、そこからはゆっくり歩いた。

家には茶色い小さなソファーで新聞を見ているお父さんがいる。着古した紺色のジャージーを着て、寝転がりながら。妹は何をしているだろう。ひとりでテレビを見ているかもしれない。

ユミコは家に帰るかわりに、バス通りにあるスーパーに向かった。そこでお母さんはレジを打っている。来ないように言われているけれど、急にお母さんに会いたくなった。

外からガラス越しに見ると、お母さんは左から三番目のレジに立っていた。

横顔しか見えなかったけれど、とても疲れているようだった。去年までのお母さんはとてもきれいでユミコの自慢だった。マリちゃんのお母さんと同じくらいきれいだった。でも、お父さんとしょっちゅうケンカしたり、あんなふうに働いているうちにすっかり疲れた顔になってしまった。

でも、とユミコは思った。お母さんはわたしたちのために一生けんめい働いているんだ。それなのに、わたしはマリちゃんのうちの子になりたいなんて願ったりしていた……。

ユミコは中に入って走り寄り、お母さんの腰に抱きついて言いたかった。

「お母さん、ごめんね」

しかし、ユミコはそうしなかった。妹なら腰に抱きつけるだろうけど、ユミコの背丈はもうお母さんの肩までになっていた。

ユミコはしばらくそこにじっと立っていたあとで、ようやく家に向かって歩きはじめた。

わたしが帰るのは何もない家だ、とユミコは思った。マリちゃんのうちにあるものは何もない。四階建ての古いマンションにはオートロックの扉もないし、エレベーターもない。部屋の中には白いソファーもないし、ピアノもない。以前あった車もなくなってしまった。お父さんと妹はいるけれど、マリちゃんを心配していたやさしいお父さんやお母さんがいない。うちには帰りが遅くなっても心配する人なんていない。

三階につづく暗い階段を上がりながら、ユミコは思っていた。

あんなガソリンの切れたお父さんなんかいらない。マリちゃんはとても妹をほしがっていたけれど、あんな妹なんかピアノと交換してあげる……。

お母さんの作ってくれたポシェットから鍵《かぎ》を取り出すと、扉の鍵穴に差し込み、引き開けた。

玄関からすぐのところに小さな茶色いソファーが置いてある。お父さんはやっぱりそこでジャージーを着て寝転がりながら小さい新聞を読んでいた。妹はその横でやっぱりテレビを見ていた。

ユミコがうなだれるようにして靴を脱いでいると、お父さんが新聞に顔を向けたままの姿勢で言った。

「遅かったな、どうした」

ユミコはびっくりして言った。

「うん、ちょっと……」

すると、テレビを見ていた妹が言った。

「お姉ちゃん、いまおもしろいのやってるよ」

ユミコはそのままトイレに駆け込んだ。便器に腰を下ろすと、おしっこより先に涙が流れてきそうになった。

おまじない

重松清

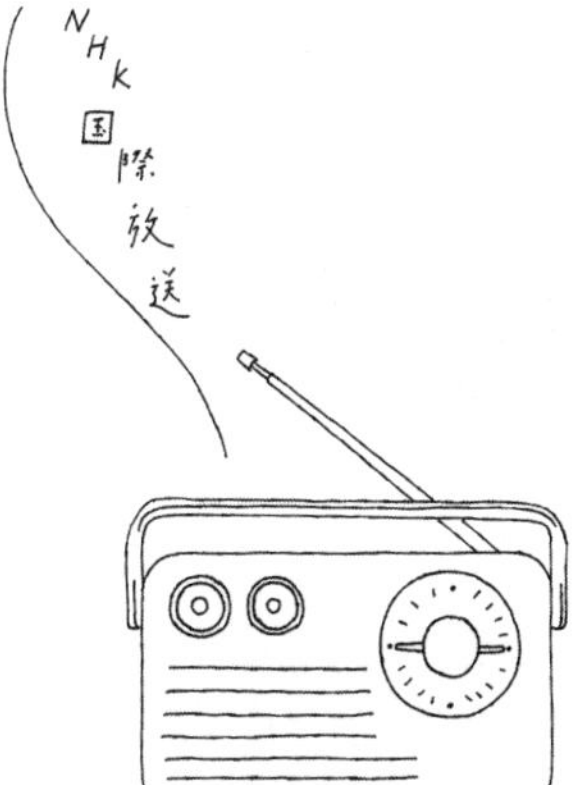

2018年3月10・17・24日初回放送

重松 清（しげまつ きよし）

1963年岡山県生まれ。91年『ビフォア・ラン』でデビュー。99年『ナイフ』で坪田譲治文学賞、『エイジ』で山本周五郎賞、2001年『ビタミンF』で直木賞、10年『十字架』で吉川英治文学賞、14年『ゼツメツ少年』で毎日出版文化賞を受賞。主な著書に『流星ワゴン』『疾走』『とんび』『木曜日の子ども』『ひこばえ』『カレーライス』など。

マチコさんが子どもの頃に暮らしていた町が、海に呑《の》み込まれた。

金曜日の午後だった。不精をして片づけるのが遅れたひな人形を箱にしまっていたときに、いままで体験したことのないような激しい揺れに襲われた。

震度5弱だったとあとで知った。マンションの建物ぜんたいが左右にしなるように揺れたのは確かに怖かったが、あわててテレビを点《つ》けた瞬間、東京の被害のことなど頭から消え去ってしまった。

ニュース速報の画面に日本地図が映し出されていた。東北地方を中心に「6」や「5」といった震度の数字が並び、ほどなく津波にかんする情報も加わった。大津波警報の発令された地域の海岸線が赤く縁取られた。関東から東北をへて北海道まで、太平洋に沿ったすべての海岸線が、赤――高いところで三メートル以上の津波が来る恐れがあるのだという。津波警報や津波注意報は知っていても、大津波警報という名前を目にしたのは、五十年近く生きてきて初めてのことだった。

津波の高さは正直言ってピンと来なかったが、テレビの画面を見つめるマチコさんのまなざしは、やがて一点に吸い寄せられたまま動かなくなった。

なつかしい町が赤く塗られている。小学四年生に進級した四月から翌年三月までの一年間だけ、父親の仕事の都合で暮らした海辺の町だ。大きな漁港があって、朝から晩まで、町のどこにいても、ウミネコの鳴き声が聞こえていた。

当たってほしくない、と願った。こういう警報は念のために出ているだけで、「なーんだ、たいしたことなかったんだ」と拍子抜けして笑うのが、毎度おなじみのパターンだった。警報が解除されるとテレビの画面の日本地図はあっさり消えて、中断していた番組も元に戻り、またふだんの生活がつづく。今度もそうであってほしい、と祈った。

だが、津波は警報どおりに町を襲った。三メートルどころではない。十メートルをはるかに超えた波は、海岸から何キロも離れたところまで達していたという。

そのときの映像が数日後にテレビで流れた。漁協のビルの屋上から撮った映像だった。港に停泊していた大きな漁船が、防潮堤を越えた波に乗って、ビルのすぐ脇を通り過ぎた。無数の自動車が流れていた。壊れた家々の屋根や柱や壁がすさまじい勢いで流され、沖のほうへと運ばれていった。映像には出ていなかったが、濁った水の中には、何百人ものひとも巻き込まれていたはずだ。

映像には、ビデオカメラを構えた若い男性職員の叫び声やうめき声も入っていた。町を呑み込んだ津波が渦を巻きながら沖に返っていくとき、うめき声はすすり泣きの声に変わった。嗚咽《おえつ》のせいなのか、最後のほうはカメラが激しく揺れていた。そのはずみで空が一瞬だけ映し出された。厚い雲が垂れ込めた北の町の空は、まだ冬の色をしていた。

マチコさんがその町に住んでいたのは、もう四十年近くも前のことになる。引っ越しの多い子ども時代を過ごした。水産物の加工会社に勤める父親の転勤に伴って、家族そろって引っ越しを繰り返し、何度も転校をした。いまなら父親が単身赴任するところだが、「昭和」の家族は「一つ屋根の下」というのを律儀に守っていたということなのだろう。

転校が多ければ、お別れにも慣れてしまう。お別れに慣れると、忘れることにもあまり抵抗がなくなってしまう。

その町の友だちもそうだった。中学生の頃までは年賀状のやり取りをしていた友だちが何人かいたものの、いつのまにかそれも途絶えて、いまでは誰の消息も知らず、思いだすことすらなかった。

だから、町が津波に呑み込まれた映像を観《み》て、死者・行方不明者七百五十四人という数字を目にしても、友だちの顔は誰も浮かんでこない。

「いいのかな、そんなので……」

もどかしそうに、申し訳なさそうに、夫や子どもたちに言う。

「しょうがないだろ、ずっと昔のことなんだから」と夫は言った。「俺だって小学四年生の一年間だけ同級生だった奴《やつ》の顔なんて、全然覚えてないし」

「お母さん、そんなに気になるんだったら、義援金とか救援物資とかを送ってあげればいいんじゃない？」

大学に通う娘の言葉を引き取って、生意気盛りの中学二年生の息子は「そうそう、お金や物のほうがいいよ。お母さんはボランティアに行っても足手まといになるだけだもん」と笑った。

夫の言うこともわかる。娘の言うことも現実的にもっともだと思うし、息子の言葉にはさすがに少しムッとしたものの、それはそうだけどね、と認めるしかない。

だが、頭では理解して、納得していても、心の奥深いところがなんとも落ち着かない。

義援金を振り込み、救援物資を送ったあとも、まだ自分はやるべきことをなにもしていない、という思いは消えない。震災で命を落としたひと、家族を亡くしたひと、家や仕事を失ったひとのことを考えると、自分がこうして東京でぬくぬくと暮らしていることじたい申し訳ない。誰かに、ごめんなさい、すみません、と謝りたい。その「誰か」がわからないから、よけいにつらい。

報道を追いかけているだけで日々が過ぎていた震災直後よりも、ミネラルウォーターの買いだめ騒ぎや計画停電の混乱をへて、東京の生活が徐々に日常を取り戻しはじめてからのほうが、落ち込み具合は激しかった。三月のうちは「お母さん、元気ないね」「またダイエットやってるの?」程度ですんでいたのに、四月に入ると「お母さん、どこか具合悪いんじゃない?」「ちょっと痩せちゃった?」と子どもたちに真顔《まがお》で心配されるようになってしまった。

夫が教えてくれた。

震災以来、マチコさんと同じように元気をなくしてしまったひとがたくさんいるのだという。インターネットのニュースサイトに出ていたらしい。

「自分は自分、被災者は被災者、っていうふうに割り切れないいんだよな」

俺だってそうだよ、と夫はつづけた。新聞に載っている死亡者の名簿を毎朝必ず見て、自分と同世代のひとや、わが家と同じような四人家族を探してしまう。亡くなったひとや遺族の無念と悲しみを思い、やりきれなさに胸を痛める一方で、自分自身の生活は震災前と変わっていないことに、なんともいいようのない後ろめたさも感じる。

「震災のあとは飲み会に誘われても、どうも外で酒を飲む気になれなくて……」

「そのほうがいいじゃない」と混ぜっ返してはみたものの、マチコさんにも夫の気持ちはよくわかる。ましてや、マチコさんにとっては、ほんの一年とはいえ暮らしていた町が被災したのだ。亡くなったひとや行方不明になったひとの中には、もしかしたらあの頃の同級生もいるかもしれない。それを確かめるすべがないから、よけいもどかしく、居たたまれなくなってしまうのだ。

「まあ、日本中のみんながショックを受けてるわけだから、少しぐらいは元気がなくなって当然なんだよ。あんまり考え込まないほうがいいって」

「うん……」

「それに、喉元《のどもと》過ぎれば熱さ忘れる、ってアレだけど、どうせまたしばらくたつと、テレビもいままでどおりバラエティーとかガンガンやって、被災地のことなんて忘れちゃうよ。いつものことだろ、それ」

そうかもしれない。だが、今度ばかりは、そうはならないのかもしれない。

いずれにしても、マチコさんの喉元には、確かになにかがひっかかっている。

「ねえ、状況がもうちょっと落ち着いたら、一度向こうに行ってみたいんだけど」

「ボランティアか?」

「っていうか、とにかく歩いてみたい。町を歩いて、もし昔の同級生に会えたら……」

「会えたら?」

しばらく考えてから、首を横に振った。「そこから先のことはわからないけど」と正直に答えた。

夫はあきれたようにマチコさんを見て、まいったな、とため息をついた。それでも、行くな、とは言わなかった。

田舎《いなか》の母親に連絡して、子どもの頃のアルバムを送ってもらった。

いまと違って、写真を気軽に撮るような時代ではない。あの町で暮らした一年間で撮った写真は二十枚ほど、それも、ほとんどは家族で撮った写真で、学校の友だちと一緒に写っているのは、転入した直後に撮ったクラスの集合写真の一枚きりだった。

みんなすまし顔をしているせいか、マチコさん自身がまだ学校に全然なじんでいない時期に撮ったせいなのか、写真を見ても、記憶にかろうじて残っている友だちの顔とうまくつながらない。

一人ずつ指差して、名前を思いだしてみた。フルネームが出てくる子は誰もいない。苗字《みようじ》だけ、下の名前だけ、あだ名だけ——市役所のホームページに出ている避難所の名簿や、新聞に載った死亡者の名簿と照らし合わせても、あたりまえの話だが、誰とも重なり合わない。

だが、三十八人いたクラスの友だちの全員がまったく被災していないということは、ありえないだろう。写真の中の何人かは家を流され、何人かは家族を喪《うしな》い、そして、もうこの世にはいない友だちも、もしかしたら……。

写真の中の友だちはみんな、服装も髪形も野暮ったい。正直に言うと、みすぼらしい。そんな中で、マチコさんは明らかに雰囲気が違う。いかにも都会から来た女の子だった。

「東京から来た転校生なんて、ふつういじめられちゃうんじゃない？」と息子に訊《き》かれた。

「ぜーんぜん。みんなすごく親切だったし、素朴で優しくて、お母さんも東京で流行《はや》ってる遊びとか教えてあげてたんだから」

「遊び、って？」

「おまじないなんかが多かったかな。四年生ぐらいの女子って、そういうのが好きなのよ」

「ふうん……」

息子にはよくわかっていない様子だったが、横で話を聞いていた娘は、なるほどね、と笑ってうなずいてくれた。

実際、マチコさんはたくさんのおまじないをクラスの友だちに伝えたのだ。緊張をほぐすおまじない、自信のない問題を先生にあてられずにすむおまじない、なくし物が見つかるおまじない、仲直りができるおまじない……。東京の学校で上級生から下級生に受け継がれていたものもあれば、みんなの期待に応えるべくマチコさんがとっさに思いついたおまじないもあった。

「えーっ、それって嘘《うそ》ってことじゃん、ひどくない？」「お母さん、向こうが田舎者だからと思ってナメてたんじゃないの？」

子どもたちの抗議の声を「おまじないは、そういうものなの」と強引にねじ伏せた。

遠く離ればなれになってしまっても、また会えますように――。

そんなおまじないもオリジナルでつくったような気がする。肝心の中身のほうは、もう忘れてしまったのだけど。

＊

パートタイムの仕事のスケジュールをやり繰りして、五月の大型連休明けにようやく二泊三日の時間をつくった。

ワゴン車に水や食料、思いつくままに救援物資を積み込み、地震や津波の被害を幸いほとんど受けなかった内陸部の町のビジネスホテルを予約して、一人で東京を発《た》った。

なんのために――？

その問いの答えは結局見つからないまま、マチコさんは北へ向かった。

夜明け前に自宅を出て、高速道路に乗り、車窓の風景が都会から郊外をへて、田園地帯に変わった頃、遅ればせながら気づいた。

結婚をして二十四年、一人きりで泊まりがけの旅行をするのは、これが初めてのことだった。

日が傾きかけた頃に着いたなつかしい町は、「なつかしい」という言葉をつかうことすら叶《かな》わないほど、変わり果てていた。

港に近い地区は、一面の焼け野原になっていた。津波で建物が根こそぎさらわれたあと、火災が発生して、三日三晩燃えつづけたのだという。陸に打ち上げられた漁船の数は予想以上に多かった。冷凍倉庫の建物の骨組みは津波に流されずに残っていたが、倉庫の中にあったカツオやサンマはすべて外に出てしまい、腐敗して、鼻の曲がるような異臭を放ち、それを無数のウミネコがついばんでいる。

ただし、町のすべてが壊滅的な被害を受けてしまったというわけではない。

山が海のすぐそばまで迫った地形なので、町並みは高台にも広がっている。東京を真似《まね》たわけでもないのだろうが、港の近くは「下町」、高台の地区は「山の手」と呼び習わされていた。

マチコさんが住んでいた社宅は「下町」にあった。当時の「山の手」は段々畑や果樹園の中にぽつりぽつりと古い農家があるぐらいだった。「下町」の子どもたちはちょっとした遠足や冒険気分で、放課後に急な坂道を登って「山の手」を訪ねては、湾を一望できる自然公園で遊んでいたものだった。

だが、いまでは「山の手」もすっかり開けた。ひな壇に造成された土地には新しい住宅が建ち並び、市役所が何年か前に「下町」から移転したこともあって、むしろ市の中心は「山の手」に移りつつある様子だった。

なにより、「下町」には復旧作業の重機やダンプカーや自衛隊の車両しか見あたらないのに、津波が届かず火災にも遭わなかった「山の手」は、以前と変わらないたたずまいで、しまい忘れたこいのぼりが五月の空に泳いでいる。

あの日のあの瞬間を境に、一つの町で明暗が残酷なほどくっきりと分かれた。おそらく、同じ「下町」でも、家族全員亡くなってしまった世帯もあれば、運良く全員が難を逃れたという世帯もあるだろう。建物の被害こそなかった「山の手」でも、家族や身内や知り合いを亡くしたひととそうでないひとが分かれてしまうことになる。その理不尽さが悲しく、悔しい。

「下町」を車で回った。建物がなくなったからというだけではなく、昔を思いだすよすがになるものはほとんど残っていない。倒れた電柱の住居表示を見ても、そこが昔でいえばどのあたりになるのか、さっぱり見当がつかない。

通っていた小学校は、避難所になっていた。子どもたちは「山の手」の小学校で授業を受けていて、教室ではそれぞれ十世帯ほどのひとたちが避難生活を送っている。救援物資の仕分け場になっている体育館の壁は、大きな伝言板のような役割も果たしていて、安否不明の家族の情報を求める紙や、身を寄せた先の住所を書いた紙が、びっしりと貼ってある。

その隅を、マチコさんも使わせてもらった。

出発前に、クラスの集合写真をスキャンして、たくさんプリントアウトした。その束をクリップで留めて壁に掛け、手紙を添えた。

〈市立第二小学校で、昭和47年に4年1組だった皆さんへ

被災して古いアルバムなどを失ってしまった方々がたくさんいらっしゃると聞いて、クラスの集合写真を持ってきました。必要な方はどうぞご遠慮なく持ち帰ってください。

私は、元・4年1組の山本《やまもと》真知子といいます。結婚して、いまの姓は「原田《はらだ》」です。いまは東京で、夫と子ども二人と暮らしています。この写真の、最前列の右から二人目が私です。新年度が始まった4月に東京から転校してきて、3月に学年が終わるのと同時に、今度は札幌に転校していきました。4年1組では「マッちん」と呼ばれていました。覚えていらっしゃいますか？　震災で市内が大きな被害を受けたことを知り、いてもたってもいられなくて、東京から来ました。もし、この手紙を読んだ元・4年1組のひとで、私のことを覚えているひとがいらっしゃったら、よろしければ下

記の番号に電話をいただけませんか〉

手紙を壁に掛けたあと、急に不安になった。

東京で手紙を読んだ子どもたちの反応も、「ちょっと無神経な感じがするって思うひともいるかもよ」「お母さんは被災してないんだし、家族を亡くして避難所生活してるひともいるはずだから、東京で何人家族とかって書かないほうがいいんじゃない?」と、けちょんけちょんだった。「まあいいよ、やりたいようにやってみればいいんだ」ととりなしてくれた夫も、「ダメでもともとのつもりでな」と釘《くぎ》を刺すのを忘れなかった。

もっとも、当のマチコさんには自信があった。だいじょうぶ、手紙を読んだ昔の同級生はみんな昔をなつかしんでくれる、と信じ込んでいた。その根拠のない自信は、いざ手紙を壁に掛けたあとは、クルッと裏返ってしまったかのように、理由のわからない不安になってしまったのだ。

その夜は、遅くまでビジネスホテルの部屋で起きていたが、電話はかかってこなかった。

翌日は早朝から市内に入った。といっても、マチコさんには、瓦礫《がれき》の町をあてもなく車を走らせる以外にすることがない。市役所ではボランティアの受付をしていたが、五十前のおばさんがなんの準備もせずに、ほんの一日だけ働くというのでは、足手まといどころか、申し込みをすることじたい失礼になってしまいそうな気がする。

町を何周もした。電話は鳴らない。

港に近づくと、道路に水たまりが増えてきた。自宅の瓦礫を片づけながら、泥をスコップで掻《か》き出している親子がいた。マチコさんのウチと同じ、お母さんとお姉さんと弟の三人だった。子どもたちの年格好も似ている。お父さんがいないのは仕事に出ているからなのか、それとも――。

その家の前を通り過ぎてから車を停《と》めた。なにか手伝えることはないだろうか、と思った。だが、エンジンを切ってシートベルトをはずすと、急に胸が重くなった。ため息をついて、「小さな親切、大きなお世話、か……」とつぶやくと、もう車を降りる気力はなくなってしまった。

疎《うと》んじられるかどうかはわからない。自分で勝手に決めつけただけのことだ。もしかしたら、たいして役には立たなくても、誰かが手伝ってくれたというだけで、三人は喜んだかもしれない。

それでも、やっぱり違う。なにかが違う。とにかく違う。指に力をこめてキーを回し、再びエンジンをかけた。舗装の剝《は》げた埃《ほこり》っぽい道路を、急加速で車を走らせた。やめればよかった。おばさんの図々《ずうずう》しさで押し通してはいけないものがあるんだと、もっと早く気づけばよかった。

「下町」の市街地を抜けて、国道に出た。津波の被害を受けていない内陸の町を目指して、車のスピードをさらに上げた。なつかしい町に背を向けて、逃げだすような格好になってしまった。

なにをやっているんだろう——。

自分でもワケがわからない。

いい歳《とし》をして——。

いや、この歳になったからこそ、こんなにぶざまな空回りをしてしまうのだろうか。

まだ電話は誰からもかかってこない。

それを寂しく思うよりも、いまは、ほっとしている気持ちのほうが強かった。

＊

夕方まで長い長いドライブをした。なつかしい町のまわりをぐるぐると巡りつづけるドライブだった。

沿道にコンビニエンスストアを見つけるたびに車を停めて、レジに置いてある義援金の募金箱にお金を入れた。言い訳のような募金だと、自分でも思う。

誰に——？　なんの言い訳を——？

結局、東京で落ち込んでいた頃となにも変わらない。

夕方、お別れをするつもりで、なつかしい町に戻った。最後の最後に町を見渡しておこうと思って、「山の手」の公園に向かった。

昔は、自然公園の名前どおり、ほとんどひとの手が入っていない雑木林が三方を取り囲んでいたが、いまはその林はそっくり住宅地に変わってしまい、門に刻まれた名前も自然公園から児童公園になっていた。

それでも、町と海を一望できる眺めの良さはあの頃と同じだった。ブランコを漕《こ》いでいると、勢い余って空を飛んでいってしまいそうな気がして、胸がドキドキしていたものだった。ブランコの位置や向きは昔どおりだったから、いまの小学生たちも、同じように胸をドキドキさせながらブランコを漕いでいるのかも——と想像しかけて、ふと思いだした。

あ、そうだ、と声も漏れそうになった。

忘れていた記憶がよみがえった。

なつかしい町に来て、初めて、友だちの顔がくっきりと浮かんだ。

三学期の終わりで転校することが決まったあと、クラスでいちばんの仲良しだったケイコちゃんと二人で、この公園で遊んだのだ。

修了式まであまり間《ま》のない、お別れの日が迫っていた頃だった。

ケイコちゃんはマチコさんが転校してしまうのをとても悲しんで、お別れした友だちとまた会えるおまじないをリクエストしてきた。

そんなもの、知らない。だが、ケイコちゃんのリクエストに応えるためだけではなく、自分自身がそれを本気で信じたくて、とっさにオリジナルのおまじないを考えた。

ブランコが二台。二人で並んで、前後に振るタイミングが交互になるように立ち漕ぎしながら、勢いをつけていく。三十回漕いでから、おまじないを始める。自分のブランコが前に出たときに相手の名前を呼ぶ。それを十回。次に、いつ会いたいかを、同じように十回。そのときに隣にいる相手の顔を見てはいけない。まっすぐに前を向いて、ブランコが後ろに戻る前に早口に言わなければならない。

急いで考えたわりには、自分でもなかなかの出来だと思った。「横を向いてはいけない」「早口に言う」というところが、なんとなくおまじないっぽい。

「東京の子は、みんなやってるんだよ」

仕上げの小さな嘘で、もう完璧――ケイコちゃんはあっさり信じて、じゃあやろうよ、いまからわたしたちもやろうよ、と張り切ってブランコを漕ぎはじめたのだ。

ケイコちゃんって単純だったもんなあ、とベンチで笑って、バッグからクラスの集合写真を取り出した。前から二列目の、右から四人目。担任の先生の斜め後ろ。この子だ、この子、田舎っぽい顔してたんだ、とオカッパ頭のケイコちゃんを指で軽くつつくと、ほんの少し気分が楽になった。

あの日のおまじないでは、再会する日をいつに決めていたのだろう。細かいところは覚えていない。「夏休み」あたりだっただろうか。そこまで待ちきれずに「ゴールデンウィーク」にしただろうか。どっちにしても、おまじないの効果はなく、修了式の翌日に引っ越したきり、二度とケイコちゃんに会うことはなかった。

ケイコちゃんはいまも元気でいるだろうか。結婚して、この町を離れて、地震や津波の被害を受けなかった町で、家族そろって幸せに暮らしていてほしい。ケイコちゃんだけではない。みんな。みんな。みんな。みんな。集合写真をじっと見つめ、名前が出てこない友だちの顔を一人ずつ目と指でたどって、心から祈った。

祈るだけでは気がすまない。ブランコを漕いでみよう。おまじないを信じてみたい。いまなら、あのおまじないは願いを叶えてくれるかもしれない。

ベンチから立ち上がり、ブランコに向かって歩きだした、そのときだった。

小学生の女の子が二人、公園に入ってきた。ランドセルを背負って、学校帰りに寄り道しているのだろう。一人の子が「あ、ラッキー、空《あ》いてる」と歓声をあげると、もう一人の子も「早く行こう！」と声をはずませて、二人で手をつないでブランコに駆け寄った。

何年生だろう。四年生か五年生といった背格好だろうか。ブランコで遊ぶにはお姉さんすぎる気もしたが、やっぱりそういうところが田舎の子の純朴さなのかな、とマチコさんは苦笑して、ベンチに座り直した。

二人はさっそくブランコ板の上に立ち、作戦を確認するみたいに目配せし合って、漕ぎはじめた。

前、後ろ、前、後ろ、前、後ろ……。二台のブランコが交互に前に出る。「いーち、にーい、さーん……」と二人はそれぞれ自分のブランコが前に出る回数を数え、三十までいったところで、相手の名前を呼びはじめた。

「エリちゃん」「ハルカちゃん」「エリちゃん」「ハルカちゃん」「エリちゃん」「ハルカちゃん」――早口に、十回ずつ。

そして、つづけて「夏休み！」「夏休み！」「夏休み！」「夏休み！」と、同じ言葉を交互に、十回ずつ。

マチコさんは思わずベンチから腰を浮かせ、呆然《ぼうぜん》と二人を見つめた。

二人は第二小学校の四年生だった。大親友なのだという。二人とも家族は全員無事だったが、「下町」にある家は津波に流され、火災で焼き尽くされてしまった。いまは避難所から「山の手」の学校に通っているが、片方の子が親戚の家に家族で身を寄せることになった。お別れになってしまう。

でも、いつかまた会いたい――。

絶対にまた、一緒に遊びたい――。

「いまのおまじないって……」

マチコさんが訊くと、転校してしまう子が「六年生のひとが教えてくれたの」と答え、見送るほうの子が「ずーっと、二小の伝統になってるの！」と自慢するようにつづけた。

「そうそう、伝統だよねー。だって、ウチのお父さんも二小なんだけど、お父さんの頃からあったんだって。ほかの学校にはないから、二小だけの伝統なんだよね」

「すごく効き目あるって六年生のひとが言ってたよ」

「奇跡を呼ぶんだよね」

「だからまたエリちゃんと会えるよね」

「会える会える」

ケイコちゃんが友だちの誰かに伝えてくれた。その友だちが別の誰かに伝え、年下の子にも広がって、やがて代々語り継がれる伝統になった。

「あれ？　おばちゃん、泣いてるの？」

「なんで？　えーっ、わたし、なにもヘンなこと言ってないよね？」

「でも泣いてるよ」

「やだ、なんでぇ？」

わかった。わたしがこの町でいちばん会いたかったのは、昔のわたしだったんだ、と思った。だいじょうぶ。ちゃんといた。自分がこの町で暮らしたことの証《あかし》は、ここに残っていた。

胸のつかえが、すうっと消えていく。やっと、誰かのためにきちんと涙を流せる気がした。「誰か」の顔は浮かばないままでも、もう落ち込まなくていいんだ、と顔の見えない誰かが、そっと背中をさすってくれた。


二人が公園からひきあげて、頬《ほお》を伝った涙の痕もなんとか乾いた頃、電話が鳴った。

ケイコちゃんから――だと、さすがに話が出来過ぎになってしまう。

男のひとだった。元・四年一組の男子。ハセガワと名乗った。さっき体育館で写真を見つけたのだという。とてもなつかしくて、とてもうれしかった、と言ってくれた。

ハセガワくん、ハセガワくん、ハセガワくん……写真を手に記憶をたどったが、思いだせない。よそよそしい「です、ます」をつかったハセガワくんの口調も、マチコさんのことをはっきり覚えているというわけではなさそうだった。

写真のどこに写っているかを教えてもらったら、ああそういえば、と記憶がよみがえるかもしれない。

それでも、マチコさんは写真から顔を上げ、荒れ野になってしまった「下町」の風景に目を移した。まっすぐ見つめる。また目に涙が溜《た》まってくるのがわかる。

「この写真のために、わざわざ東京から来てくれたんですか?」

「ええ、まあ……」

「それで、いま、どこにいるんですか?」

マチコさんは強くまたたいて、涙を振り落としてから、言った。

「ごめんなさーい、もう東京に帰ってきてるんです」

「そうなんですか、せっかく来てくれたのに、すみません、もっと早く気づいていればなあ……」

「でも、また来ます」

自分でも意外なほど、きっぱりとした口調で言えた。それがなによりうれしかった。ハセガワくんも、マチコさんの答えを喜んでくれた。「ですよね、うん、絶対にまた来てください」と返す声は、涙交じりにもなっていた。

「いまはみんな大変で、ウチなんかもずーっと避難所生活で、おふくろがまだ行方不明なんですけど……でも、来年の春、また来てください……来年間に合わなかったら、再来年でも、その次でもいいですから、みんなまた元気になって、町も復興して、そうしたら同窓会しましょう」

はい、と応えた。言葉だけでは足りない。なつかしい町に向かって、頭を深々と下げた。

電話を切って、ブランコ板の上に立った。

ブランコは何年ぶりだろう。息子が小学校に上がってからは公園に連れて行く機会もなかったから、十年近いブランクがある。立ち漕ぎになると、それこそ小学生の頃の自分と再会しなければならないかもしれない。

思いのほか板は不安定だし、鎖もよじれながら揺れどおしだった。ゆっくりと漕ごう。最初は小さな振り幅でも、少しずつ勢いをつけていけばいい。

おまじないの言葉は、「みんな」を十回。
つづけて、「また次の春」を十回。
膝《ひざ》を軽く曲げて、伸ばし、その反動を使って漕いでいった。
なつかしい町がゆらゆらと揺れはじめた。

ムシヤシナイ

高田郁

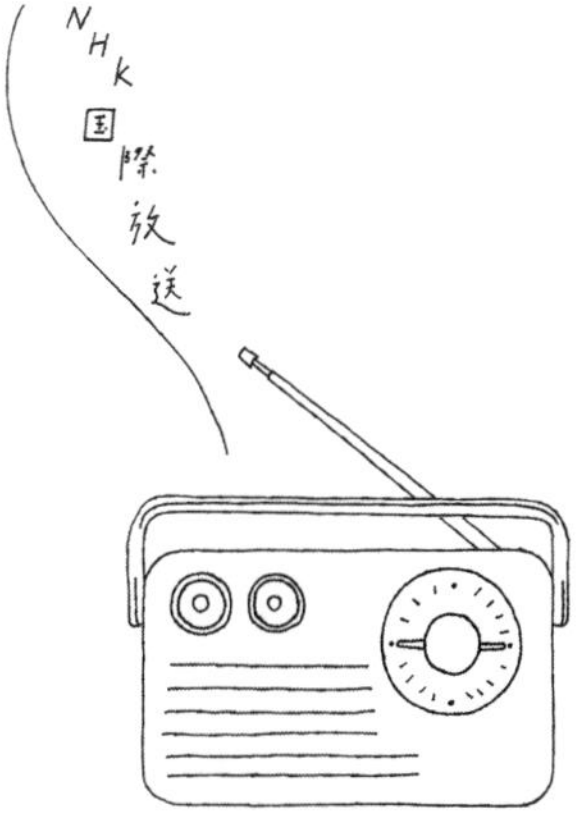

2016年12月17・24・31日初回放送

高田 郁（たかだ かおる）

兵庫県生まれ。1993年、レディースコミック誌『YOU』の漫画原作者としてデビュー。2008年、時代小説作家としてデビューする。主な小説に「みをつくし料理帖」シリーズ、「あきない世傳 金と銀」シリーズなどの他、『出世花』『銀二貫』『あい 永遠に在り』や、エッセイに『晴れときどき涙雨 高田郁のできるまで』など。

ＪＲ大阪環状線の駅のひとつであるＴ駅は、私鉄電車と接続するため、乗降客が非常に多い。朝夕の通勤通学の時間帯は無論のこと、そうではない日中も、実に多様な客がプラットホームに溢れている。

そのホームの大阪寄りに、客が十人も入れば酸欠になりそうな、小さな蕎麦屋があった。「駅そば」などと呼ばれる立ち食い蕎麦の店で、早朝から昼過ぎまでは若い店員が、昼過ぎから夜にかけては六十代半ばの店長が、それぞれアルバイトと二人三脚で切り盛りしていた。

秋元路男《あきもとみちお》は、もとは町の製麺工場で働いていたが、定年を機にＴ駅構内の駅蕎麦屋を任されるようになったのだ。三百円あれば蕎麦なりうどんなりで空腹を満たせる手軽さと、箸を置くや否や電車に駆け込める便利さが受けて、店には終日、客足の絶えることがない。

周辺には常に出汁《だし》の香りが立ち込め、時折、そこに特有のネギの匂いが混じる。吐く息も凍る冬には、刻みネギをどっさり入れたネギうどんや、ネギ蕎麦を注文する客が増えるからだった。


夜も八時半を過ぎると、店の格子状のガラス扉の開閉は幾分のどかになる。時分時《じぶんどき》を過ぎて客が少なくなった上に、ほとんどは蕎麦を食べ終えてもすぐには外に出ない。殊《こと》のほか冷え込むこの時期、客はホームで寒風に晒《さら》されるよりは湯気の立つ店内に長く身を置きたがった。

ホームに入線を知らせるアナウンスが響いて、老婆が丼を傾けて汁《つゆ》を干した。

「ごっそさん」

空《から》の丼を返却口へと戻して、路男に声をかける。

「おかげで身体、よう温《ぬく》もったわ」

「おおきに」

路男は大きな眼をぎゅっと細めて、よく通る声で返した。

半オーバーの前を掻き合わせて、老婆は格子の扉に手を伸ばす。

「そんなとこに居《お》ったら邪魔やがな、のっぽの兄ちゃん」

誰かが入口付近に立ちはだかっていたのだろう、老婆の柔らかに諭《さと》す声に、路男は戸口の方へ目を向けた。

すみません、と飛び退《の》く若い男の姿がちらりと見えた。高校生くらいだろうか、顔はわからないが、ジーパンを穿《は》いた脚がぽっきりと折れそうなほど細いのが印象的だった。

到着した電車から乗客が吐き出され、そのうちの何人かが駅蕎麦の店内へと吸い込まれる。午後九時の閉店まで残り五分、そろそろ最後の客になるだろう。

「きつねうどん、ください」

食券をカウンターの上に置く、その手が随分と小さい。顔を見れば、馴染《なじ》みの小学生だった。塾帰りらしく重そうな鞄を背負い、他の客の邪魔にならないよう隅の壁にもたれて注文の品の出来るのを待つのも、見慣れた情景だった。

「きつねうどん、熱いから気ぃつけてや」

カウンターの端に丼を置くと、路男は小学生に声をかけた。

店の奥の掛け時計はそろそろ九時になろうとしている。小学生と一緒に入店した客たちは次々に丼を放し、帰ってしまった。

九つか、十。学年でいえば小学校四年生くらいだろうか、少年は時間を気にして、懸命に箸を動かしている。

「まだ大丈夫や、ゆっくり食べ」

これもいつものことで、路男は洗い物をしながら少年に話しかけた。

結局、閉店時間を十分過ぎて、少年は満足そうに箸を置く。

「ごちそーさまでした」

「おおきに、気ぃつけて帰りや」

暖簾《のれん》をしまいがてら、少年を送って外へ出る。

ぎっしりと勉強道具が詰め込まれているのだろう、小さな肩に食い込む鞄を背負い、まだ疲れの残る足取りで、少年はホームの雑踏に紛れていった。

『九時いうたら、子供はもう布団の中で夢の世界と違うんか』

わしがガキやった時分とはエライ違いや、と路男は胸のうちで呟く。

塾か別勉強か知らないが、まだ小さい子があれほどまでに疲弊《ひへい》する必要があるのか。

路男にはそれがわからない。

『まるで、弘晃《ひろあき》みたいやないか』

弘晃、というのは、路男のただひとりの孫だった。

路男の一人息子の正雄《まさお》は、大学進学で東京に出て、そのまま就職し、所帯を持った。そこに生まれたのが、弘晃だった。

弘晃は小学校に上がるとすぐ、塾に通い始めて、小学校四年生の頃には帰宅時間は夜の十時を回る、と聞いていた。お盆に一家で帰省した時でさえ、正雄ら両親は、弘晃に公開模擬試験を大阪で受験させる徹底ぶりだった。

幼い弘晃が疲弊していく様子に胸を痛めていた路男にとって、その無理強《じ》いは許しがたかった。正雄と激しい口論となり、結果、今なお絶縁状態にある。従って路男の中の弘晃も小学校四年生の姿のままだった。

やれやれ、と路男は軽く首を振ると、外した暖簾を手に、店に入ろうとした。

「あの……」

後ろから路男に声をかける者がいた。

振り返ってみれば、ひょろりと細い体軀《たいく》の若い男が立っている。高い上背《うわぜい》と、切れ長のきつめの双眸《そうぼう》とで大人びて見えるが、頬のあたりに幼さの名残りを留めていた。まだ辛《かろ》うじて「少年」と呼べる範疇《はんちゅう》にある。

高校生、いや、中学生か。見当をつけつつ、折れそうに細い脚に目を留めて、路男は、ああ、と声を洩らした。老婆から邪魔だと注意されていた子だと知れた。

これくらいの年頃の子がひとりで駅蕎麦に入店するのは、なかなかにハードルが高いものらしい。券売機の前で悩み、店内を覗いて悩み、結局は入れないで引き返してしまうケースは、わりによく見受けられた。

勇気を振り絞り、入店する気になったのか、と少しばかり気の毒に思いながらも、路男は抑揚のない声で告げる。

「すんません、もう閉店なんで」

路男の台詞《せりふ》に、彼は軽く目を見張った。その目尻に小さな黒子《ほくろ》がふたつ、横に並んでいる。路男はそれに目を留めて、おや、と首を捻《ひね》った。

何処《どこ》かで見たような……。

そう思った瞬間、塾の鞄を背負った小さな孫の面影が浮かんだ。絹糸《けんし》を思わせる細い髪、少し上を向いた愛敬《あいきよう》のある鼻、子供らしい円《つぶ》らな瞳。幼い日の愛らしい孫の姿を目の前の少年に重ね合わせることは難しいはずが、ふたつ並んだ黒子が両者をぴたりと一致させた。

まさかそんな、と思いつつも、路男は声を上げずにはいられない。

「弘晃、お前、弘晃なんか？」

路男にそう呼びかけられて初めて、少年は安堵の表情を見せた。

「ジィちゃん」

耳に馴染んだ呼び名を、聞き慣れない声で呼ばれる不思議。五年ぶりに再会した孫の弘晃に間違いなかった。


駅から徒歩十五分ほどの住まいに、路男は弘晃を連れ帰った。廊下を歩くだけで建物全体が揺れる安普請《やすぶしん》のアパートだ。

「前の家は？」

六畳一間、電気コタツと古い箪笥《たんす》等、僅《わず》かな家財道具しか置かれていない部屋を見回して、弘晃は戸惑った様子で路男に問いかけた。

「ああ、あの家か」

路男は意外な思いで、孫を見た。

正雄が生まれたのを折に、駅からバスで半時間ほど揺られた先に、古くて狭い中古の戸建てを借りて、そこで長年、住み暮らした。弘晃は、盆休みに両親と一緒に泊まったその一戸建てのことを、まだ覚えているのだ。

「あれは四年前、バァちゃんが亡《の》うなった年に出る羽目になった。家主があっこを更地《さらち》にして売りたい、て言い出してな。そりゃそうやわ、もうどうにもならんほど傷んでたよってにな」

スイッチを入れ、コタツ布団を捲《めく》って目盛りを「強」にして、路男は答える。

「けど、ジィちゃんも独りになったし、ここやと歩いて店へ通えるさかいに結構便利よう暮らしてるんや」

さあ、弘晃、と路男は孫の名を呼んで、その腕を引っ張った。

「寒かったやろ。早よ、ここ入り。肩までコソッと入りや」

孫を座らせると、コタツ布団を引っ張ってその身体に添わせた。されるがままになっている弘晃のことが愛おしくて、路男はつい、孫の頭を昔のようにくしゃりと撫でる。

「今なんぞ温いもん、作るよってに」

そう言い置いて、すぐ脇の形ばかりの狭い台所に立った。鍋に湯を沸かし始めた祖父の姿を、弘晃はじっと眺めていたが、やがてぼそりと、

「何も聞かないんだ」

と、呟いた。

路男はすぐには応えず、取り置いていた白菜を洗って食べ易く刻み、沸騰した湯へ放り込んだ。即席麵の袋を開封しながら、おもむろに口を開く。

「聞いてほしいんか?」

問われても、孫は口を噤《つぐ》んだままだ。

即席麵を鍋へ投入し、暫《しば》し待って箸で解《ほぐ》すと、路男は穏やかに告げた。

「ほな、言わんでよろし」

弘晃の沈黙は続いている。だが、振り返るまでもなく、路男は弘晃が心底ほっとしているのを感じ取っていた。

日付が変わって間もなく、路男は深い眠りを何かに遮られた。

ううう、ううう、と地鳴りの如く響く音に、何事か、と飛び起きる。

「ううう、うううん」

音の正体が隣りで眠る孫の呻《うめ》き声と知って、闇の中、手探りで電気スタンドを捜す。丸い橙《だいだい》色の明かりが孫の方に直接当たらぬようにずらしてから、その様子を眺めた。

寒いだろうに、弘晃は掛け布団を投げ出し、背中を丸め、手足をぎゅっと縮めて眠っている。

『可哀相に。えらいうなされて』

路男は孫に布団を掛け直して、しげしげとその顔を覗いた。

中学三年生とはまた、随分と大きくなったものだ。目尻にふたつ並んだ黒子があるとはいえ、町なかで擦れ違ったとしたら、これが弘晃だと気付くことはなかっただろう。

だが、成長の喜びとは別に、この様子は何としたものか。

血の気の失《う》せた顔、深く刻まれた眉間の皺、おまけに目の下には疲労がくまを作っていた。眠っていてさえ、固く嚙《か》んだ下唇が痛々しい。

「ううう、ううう」

嚙み締めた唇から、なおも呻き声が洩れる。

路男は遣《や》り切れなさに、小さく首を振った。

『どうや、この怯《おび》え方。子供の寝顔と違うがな』

年に一度しか会えなかったが、赤ん坊だった頃から十歳になるまでの可愛い盛りを知っている身。五年の空白を経て、これほどまでに怯え、疲弊した姿を目の当たりにするとは思わなかった。

どないしたもんやろかなあ。

路男は簞笥の上に視線を向けた。そこに置かれた亡妻恵子《けいこ》の遺影と目が合う。——お父さん、何とか助けたってぇな
そんな恵子の声が聞こえてきそうだった。

肺炎で一週間ほど寝込んだだけで、あっさり逝ってしまった恵子だが、生前、どれほど弘晃に会いたがったことか。その気持ちはわかりつつも、自分から正雄へ歩み寄ることの理不尽を思い、依怙地《いこじ》を通した。

五年前に定年を迎えるまで、製麵工場で毎日、粉まみれになって働く路男を、紙箱の組み立ての内職で支え続けた恵子だった。うんざりするほど倹《つま》しい暮らしぶりを、

学のない両親のことを、一人息子の正雄が内心どれほど疎《うと》んでいたか、路男は悟っていた。

環境を脱するために、正雄は相当の努力をして大学進学を果たし、学費や生活費を奨学金とアルバイトで賄《まかな》い、一切親を頼らなかった。その実行力は称賛に値するとは思う。だが、両親の存在を恥とする心根の貧しさが、路男にはいたたまれなかった。母危篤の報を受けて、流石《さすが》に正雄は飛んできたが、妻子を東京に残したままだったため、恵子の望みは最期まで叶わなかった。

「わしを選んで逃げてきたんやろしなあ」

恵子の遺影から弘晃へと視線を戻すと、路男は意を決して、ぼそりと呟いた。

明け方近くになって漸《ようや》く眠りにつき、はっと目覚めると昼を過ぎていた。隣りを窺えば、弘晃は掛け布団に包《くる》まり眠っている。

孫を起こさぬように身仕度を整え、路男は鍵を取り出して、広告ちらしの裏に鉛筆を走らせた。出かけるなら戸締りをすること、とだけ書くと鍵を添えて電気コタツの上に置いた。飯代を、と財布を開きかけて、路男は少し考え、元通り財布を上着のポケットにおさめた。

路男の毎日は、午後二時に店に出ることから始まる。

昼前、まず先にアルバイトの山本《やまもと》君が厨房に入り、早朝から店に立つふたりを補助しつつ、麺や搔き揚げ、甘く煮た油揚げなど不足した分をバットに並べる。準備が調った頃に路男が顔を出し、先陣ふたりと交代するのだ。

部屋に残した弘晃のことが気がかりではあったが、ひとりで東京の世田谷《せたがや》からこの大阪まで来られたのだ。また、恐らくは周囲の過干渉に晒されてきたことだろうから、路男は逆に素知らぬ振りを通そう、と腹を決めていた。こういう時、自分の頭であれこれ考えることが一等大事に思うがゆえだった。

「店長、表に妙な兄ちゃんがいて、時々、店ん中、覗いてますよ」

汚れた丼を洗っていた山本君が、気味悪そうに格子の向こうを視線で示した。

ひょいと目を向ければ、ガラスの奥に見覚えのある姿が映る。同じ駅構内のハンバーガー屋で買ってきたのか、紙袋を抱えているのが見えた。

「ああ、あれ、わしの孫やねん」

路男は搔き揚げをバットに追加して、何でもない口調で応えた。

「東京から遊びに来てるんや。まあ、好きなようにさせたってな」

孫が居たんか、とでも言いたげに、山本君は両の眼を剝《む》いてみせた。

真冬の寒さに師走特有の慌ただしさが加わって、その日のT駅のホームでは、電車の到着を待つ客の多くが自然と足踏みをしていた。冷えと忙しなさの中、出汁の匂いに憩いを覚えるからか、駅蕎麦の暖簾を潜《くぐ》る者が後を絶たなかった。

弘晃は出入りの客の邪魔にならないよう、駅構内の柱にもたれて、こちらをずっと窺っている。腹が減れば構内で食べ物を調達して、駅蕎麦屋を眺めながら食べる。路男はそれを知りつつ、弘晃を店内に招き入れることをしなかった。


駅蕎麦屋は大抵、午後六時半頃に幾度目かの混雑のピークを迎える。八時になれば客足は少し落ち着き、アルバイトの山本君も帰って、あとは閉店まで路男がひとりで店内を切り盛りするのだ。

その日の最後の客は、八十を超えたと思《おぼ》しき男性だった。常客というほどの頻度ではないが、杖を頼りにひとりで閉店間際にかけ蕎麦を食しに来るので、路男も自然と顔を覚えていた。

「毎度、どうも」

「身体が温もったわ、おおきに、ご馳走さん」

暖簾をしまいがてら送って出た路男に、人生の先輩は控えめな笑顔を向けた。

「今日は年金が出たさかいに、たまの贅沢なんや。二か月後の十五日まで、また何としても生き延びて、ここに来さしてもらわなな」

切実な祈りの混じる声だった。

偶数月の十五日は、高齢者にとっては命綱をつなぐ大事な日であることを、路男は思い返していた。

若い頃にはわからなかったが、年金のみで暮らしを紡《つむ》いでいく難しさ、しんどさは、路男にも充分に忖度《そんたく》できた。それでもまだ年金を受給できるだけマシ、との思いを高齢の受給者なら持ち合わせているだろうことも、路男は知っていた。

「寒いですよって、風邪に用心して、また次もお待ちしてますさかいに」

「おおきに。ほな、良いお年を」

老人は杖を持ち直して、路男に軽く会釈してみせた。

雑踏の中を遠ざかるその後ろ姿を見送って、ふと視線を廻《めぐ》らせば、すぐ脇の柱の陰から、弘晃が同じように先の老人を見送っているのが目に入った。

弘晃、と路男は孫の名を呼ぶ。

「えらい寒いのに、待っててくれたんか」

労《ねぎら》う声をかけて相好《そうごう》を崩す祖父に、弘晃はただ黙って俯《うつむ》くばかりだった。


後片付けを終えて、孫と肩を並べて家路に就く。月のない夜、ネオンが明るすぎて、星の姿は全く見えなかった。

飲食店が軒を連ねる繁華街は、忘年会の客で溢れ、騒々しいばかりだが、そこを抜ければ意外に閑静な通りに出る。シャッターの降りた印刷工場の脇を通っている時、弘晃がぼそりと呟いた。

「ジィちゃんさぁ、虚しくなんない？」

「何が？」

路男は孫の問いかけの意味を汲《く》みかねて、首を捩《ね》じって弘晃を見上げた。

祖父の視線を避けて、昏《くら》い眼差しを路上に落とし、ひと呼吸置いて弘晃はこう続けた。

「駅蕎麦を食べに来る客ってさ、別に、料理に期待してるワケでもないし……。手っ取り早く食欲満たしてるだけじゃん」

「ええやんか、それで」

路男は大らかに応え、立ち止まった弘晃に構わず、先に歩を進める。

でも、と弘晃は大股で追いつくと、

「でも、やっぱ駅蕎麦は、ちゃんとした食堂とは違う。虚しいよ、やっぱ」

と、挑む口調で祖父に伝えた。

そして、祖父の返事を待たずに、足もとの空き缶を勢いよく蹴り上げた。まだ少し中身の残っていた空き缶は、四方に液体を飛ばしながら闇の奥へと消えていく。


火の気のないアパートの一室に戻ると、路男はそのまま台所に立った。

弘晃はあれからずっと、むっつりと黙り込んでいる。電気コタツのスイッチを入れることさえ忘れている孫に、路男は、

「今、夜食つくるよって、温うして待っとき」

と、声をかけた。

身を屈《かが》めて冷蔵庫を探ると、賞味期限が明日までの茹で蕎麦が二袋、残っていた。ネギを小口に切り、蒲鉾《かまぼこ》は大きく斜めに削ぎ切りする。

「虫養い、いう言葉が大阪にはあるんや」

出来上がった二人分の蕎麦を電気コタツの上に並べて、路男は弘晃に語りかける。冷えた室内に、丼からはほかほかと柔らかな湯気が立っていた。

「ムシヤシナイ?」

どんな文字をあてるのか、皆目《かいもく》見当もつかないのだろう、外来語にしか聞こえない口調で、弘晃は繰り返すと、熱い丼に手を伸ばした。ああ、と祖父は頷き、孫のために瓢簞《ひょうたん》型の七味入れを取ってやる。

「軽うに何ぞ食べて、腹の虫を宥《なだ》めとく、いう意味や」

「ふーん」

興味の湧かない声で応えて、弘晃は熱々の蕎麦を口に運ぶ。一口すすって気に入ったのか、ズズズッと美味しそうに食べ進めた。

目を細めてその様子を眺めていた路男だが、ゆっくりとした仕草で急須を取り上げ、茶葉にポットの熱湯を注ぐ。

「今日みたいに寒い日ぃは、湯気がご馳走や」

湯気の立つ湯飲みを孫の手もとに置いて、祖父はさらに続けた。

「帰ればご飯が待ってる。時間さえあれば、ゆっくり食事が出来る。懐《ふところ》に余裕があったら、派手なご馳走も食べられる。でも今は、そういうわけにいかん。せやから、取り敢《あ》えず駅蕎麦で虫養いして、力を補う——そういう虫養いを、ジィちゃんは大事に思うんや」

話の途中から、弘晃は箸を止めて、じっと祖父の双眸を見つめていた。聞き終えて、何か言いたげに弘晃は唇を開きかけ、しかし、またきゅっと一文字に結び直した。

路男は、手もとの湯飲みを手に取って、温もりを確かめるように掌で包むと、こう言い添えた。

「それになぁ、お前の言う『ちゃんとした食堂』ばかりなら、世の中、窮屈で味気ないと思うで」

祖父のその台詞に、孫ははっと両の瞳を見開く。

トゥルルル
トゥルルル

秋元家の電話が鳴ったのは、丁度その時だった。咄嗟《とっさ》に弘晃がぎくりと身を固くする。勧誘か間違いか、あるいは悪戯《いたずら》でしか鳴ることのない電話だったが、その受話器に、路男は躊躇《ためら》いなく手をかけた。

「はい、秋元です」

名乗ったあと、受話器の向こうの声を聴いて、路男は唇を僅かに歪めた。思った通り、電話の主は東京の正雄だったのだ。弘晃が家を出て二日、正雄は漸く、息子の立ち寄り先として大阪の路男のことを思い出したのだろう。

無沙汰を詫びるでもなく、老父の暮らしぶりを尋ねるでもなく、単刀直入に弘晃の消息を問う正雄に、路男は苦い表情のまま答える。

「ああ、弘晃なら来てるで。暫くうちで預かるさかい。……えっ？　何やて？」

視野の隅に、固唾《かたず》を呑んで様子を窺う弘晃が映っている。路男は身体ごと電話に向き直り、声を低めた。

「『勉強が遅れる』て……お前、それ本気で言うてんのか」

恵子が生きていれば、上手にとりなしたかも知れない。だが、路男は良い齢《とし》をした息子のあまりの愚かさに、このド阿呆！　と受話器に向かって罵声を浴びせていた。

「おんどれは父親のクセしてから、子供を潰す気か。いっぺん目ぇ覚まさんかい！」

がしゃん、と怒りに任せて受話器を叩きつけたものの、煮えたぎった憤怒《ふんぬ》はそう簡単には路男から去らなかった。

音のない一室に、古い掛け時計の秒針だけが妙に大きく響いている。

振り返り、孫の様子はと見れば、弘晃は卓上に置いた握り拳をわなわなと震わせていた。必死で感情の爆発に耐えているその姿を目にして、路男は黙り込んだ。

どれほどそうしていただろうか、弘晃が、オレ、と掠《かす》れた声を絞り出した。

「オレ、親父を殺すかも知れない」

部屋の空気が一瞬、薄くなった。

弘晃が苦悩の果てにその台詞を口にしたことが容易に察せられて、路男は敢えて無言のまま、真剣な眼差しを孫へと向けた。

弘晃は右の拳で唇を覆い、くぐもった揺れる声で打ち明ける。

「目の前に包丁があると、親父を刺しそうな気がして息が出来ない。いつか自分で自分をコントロール出来なくなる。そしたら……」

弘晃の肩が、上腕が、小刻みに震えだした。双眸に激しい怯えが宿り、うっすらと涙が膜を張っている。

「そしたら、オレ……親父を……」

「弘晃」

見かねて路男は孫の名を呼び、その背中に手を置いた。

刹那《せつな》、下瞼《したまぶた》で辛《かろ》うじて止《とど》まっていた涙が、色の失せた頬へと滑り落ちる。

「ジィちゃん、オレ……自分が恐い」

恐くて堪らない、と言葉にすると、弘晃は両の掌を開いて顔を覆った。

怯えの根源を口にしたことで、弘晃を支えていた何かが崩れたのだろう。十五歳の少年は、電気コタツの天板に突っ伏して慟哭《どうこく》した。


午前零時を回り、JR大阪環状線は、内回り外回りとも終電を見送った直後だった。駅員はベンチで酔い潰れて寝ている客を起こして回り、終電に乗り遅れた客たちは舌打ちして、タクシー乗り場を目指す。

日中とはまた別の気忙しさが漂う深夜のホームを、路男は弘晃と並んで歩く。路男の手には、深夜営業のスーパーで買った青ネギの束が大量に抱えられていた。

途中、安全拾得器《しゅうとくき》を手にした駅員から、すれ違いざまに声をかけられた。

「あれ？　駅蕎麦の」

路男も顔馴染みの、まだ若い駅員だった。

「こんな時間に珍しいですね。忘れ物ですか？」

「いえ、ちょっと明日の仕込みを」

路男が答えると、駅員はふっと考える顔つきになった。

終業後のホームへの立ち入りにあたるから、本来なら咎《とが》められて当然なのだ。路男は駅員に懇願の眼差しを向ける。何か事情がある、と察したのだろう、駅員はスーパーの袋から突き出たネギの束に目を留めて、

「そうですか、お疲れさんです。なるべく早く済ませてくださいね」

と、親切に応じた。

営業中は圧倒的な存在感を誇っていた駅蕎麦屋も、商いを終え、照明も落ちてしまえば影が薄い。

ほんの数時間前にかけた鍵を外し、明かりをつけると、路男は弘晃を厨房に招き入れた。

落ち着かない様子で店内を見回す孫には構わず、ネギの根を落とし、流しで洗って組板《まないた》に束ねて置き、包丁を添えた。

「さて、と。弘晃、こっちおいで」

声をかけられて、祖父の方へ向き直った弘晃だが、組板に置かれた包丁を認めると、ぎょっとして両の肩を引いた。

「ジィちゃん、オレ、包丁は……」

両腕を後ろに回して身を強張《こわば》らせる弘晃に、路男は緩やかに頷いてみせる。

「大丈夫、ジィちゃんが手ぇ添えたるよって」

祖父に言われて、孫は組板の前に立つと、恐る恐る包丁の柄を握った。朴《ほお》の木を用いた白い柄を、しかし、弘晃は掌に包むだけで精一杯の様子だった。

「もっとしっかり握らなあかん、かえって危ないで」

こうするんや、と路男は孫の手に自分の手を添え、がちがちに固まった指を解して、正しく持たせた。

「せや、『小峯《こみね》にぎり』いうてな、この持ち方を覚えたら、これから先、色々と役に立つ」

そうして、ネギに刃をあてがうと、

「よっしゃ、ほんならネギ切ってみよか」

と命じ、手を添えたまま刻み始めた。

切りたくない、との思いが弘晃の腕を重くする。難儀しながらも、路男は弘晃を導き、さくっさくっとネギに刃を入れていく。

「口に障《さわ》らん厚み……これくらいの小口切りにな。ほな、自分で切ってみ」

見本を示すと、祖父は孫の右手を解放した。

必死の形相で、弘晃は包丁を握り締めて、ネギを刻む。ざく、ざく、とぎこちない包丁遣いは、しかし、暫《しばら》くすると、さく、さく、と徐々に柔らかな音へと変化していった。それにつれて、弘晃の身体の強張りは取れ、表情も少しずつ穏やかになっていく。

「いくつもの塾をかけ持ちして、実力以上の中学に受かった。けど、入ってみたら秀才がゴロゴロ。授業についていくのがやっとだった」

路男はただ無言で、孫の打ち明け話に耳を傾ける。

「親父には努力が足りない、と殴られてばかり。でも、足りないのは努力じゃなくて、能力だったんだ。三年通ってそれが身に沁《し》みた」

自身に言い聞かせるような口調だった。

たかだか十五歳で、自身の人生を諦めた様子の弘晃の姿が、路男には胸に応える。それに耐えて、祖父は孫の包丁遣いを見守った。

さくっさくっ、という包丁の音は、何時《いっ》しか、とんとんとん、と軽やかな音色へと育っていた。俎板の上で包丁がリズミカルに踊り、正確な厚みでネギが刻まれていく。用意したネギの束もそろそろ尽きようとしていた。

「仰山《ぎょうさん》できたなぁ、おおきにな、弘晃」

業務用の笊《ざる》に山盛りになった刻みネギを示して、路男は弘晃に笑みを向けた。

「上手いこと使えるようになったな。——もう大丈夫や」

孫に手を差し伸べ、弘晃の右手を包丁ごと、自身の両の掌で包み込む。包丁の刃先が路男の腹を向いているのを知り、弘晃は怯えた目で祖父を見た。

「弘晃、お前はもう大丈夫やで」

逃れようとする孫の手をしっかりと握ったまま、路男はぎゅっと目を細めてこう続けた。

「包丁は、ひと刺すもんと違う。ネギ切るもんや。この手ぇが、弘晃の手ぇが覚えよった」

「あ……」

弘晃の瞳に涙が浮き、瞬《また》く間に溢れだす。堪えようとして堪えきれず、戦慄《わなな》く唇から嗚咽《おえつ》が洩れ始めた。

心配要らん。

弘晃、もう何も心配要らんで。

号泣する孫の背中を撫でながら、祖父は幾度もそう胸のうちで繰り返した。


翌日の昼過ぎ、乗降客の行き交うホームに、弘晃と路男の姿があった。

駅蕎麦屋の制服に前掛けを締めた路男の姿はひと目を引きそうだったが、案外、気に留める者は居ない。

乗車を促す笛の音が響いて、弘晃は祖父を振り返った。

「親父とちゃんと話すよ。色々、ほんと色々、ありがと、ジィちゃん」

来た時とは別人のような、晴れやかな笑顔だった。路男は大きく頷いてみせた。

「気ぃつけてな、弘晃」

「また来るから」

弘晃が電車に乗り込んだ瞬間、プシューッと間延びした音がして、扉が両側から閉じられようとした。

扉が閉まる直前、弘晃が早口で言った。

「ムシヤシナイさせてもらいに、オレ、何度でも来る」

孫を乗せた電車がホームを出て、その姿が消えてしまうまで見送ると、路男はぼそりと呟いた。

「ムシヤシナイ……何やあいつが言うと、外国語に聞こえるがな」

声に出してみれば、胸に宿っていた寂しさが消えて、路男はからからと笑い声を上げる。

次の電車の入線を告げるアナウンスが、師走のホームに響いていた。

ああ幻の東京五輪　世田谷区
団地への招待　板橋区
日本インド化計画　江戸川区
東京の誕生　東京都

山内マリコ

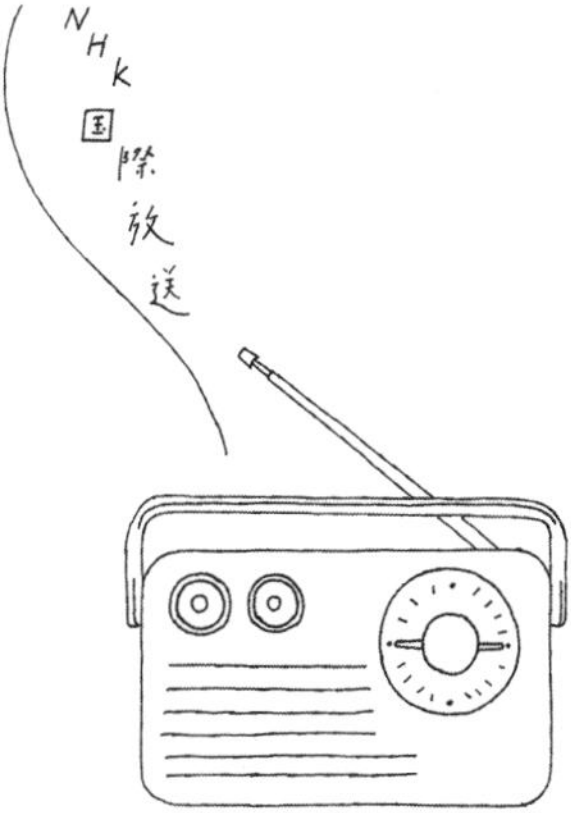

2017年5月20・27日初回放送

山内マリコ（やまうち まりこ）

1980年富山県生まれ。ライターを経て、2008年「十六歳はセックスの齢」で「女による女のためのR-18文学賞」読者賞を受賞、12年に同作を含む連作短編集『ここは退屈迎えに来て』でデビュー。主な著書に『アズミ・ハルコは行方不明』『さみしくなったら名前を呼んで』『かわいい結婚』『あのこは貴族』『メガネと放蕩娘』『選んだ孤独はよい孤独』など。

ああ幻の東京五輪　世田谷区

ごきげんよう、あたくし世田谷区です。二〇二〇年東京オリンピック開催決定、やりましたわね！　うちは瀟洒《しょうしゃ》なイメージでやってる閑静な住宅街ですが、みなさんご存じのとおり、駒沢《こまざわ》にはその名もオリンピック公園という、広大な総合運動公園がございましてね。一九六四年の東京オリンピックでは、まさにここ世田谷区駒沢の会場で、東洋の魔女と謳《うた》われた女子バレーボールチームが金メダルを獲得しましたの。昭和を代表する伝説の舞台となった、大変に由緒正しき場所でございます。

だからあたくし、てっきり二〇二〇年の東京オリンピックも、うちがメイン会場になるものだと思っていたんです。そりゃあ六四年の大会でも、開会式とか閉会式とか、おいしいところは全部、新宿の国立競技場に持ってかれましたよ。まあ、それはもういいんです。根に持つのはやめましたから。交通の便からいっても、あちらさんの方が都合がいいのは重々承知してますよ。

けどまさかうちが、なんの会場にも選ばれてないなんて‼ 東京でオリンピックが開催されるというのに、駒沢オリンピック公園総合運動場がオリンピックの会場に入っていないだなんて、そんなことは夢にも思いませんでしたよ‼ どういうことですかこれは⁉ 組織委員会はなにを考えているんですか⁉

ちょっと小耳に挟んだところ、二〇二〇年の東京オリンピックは、既存施設を利用した運営をモットーになさってるんですって？ だったら駒沢ほどうってつけの会場はないんじゃございません？

昔はみんな、東洋の魔女たちが金メダルをとった場所を一目見ようと、駒沢を訪れたものです。サイクリングコースなんかも整備されて、都民が気軽にスポーツに親しめる場所へと生まれ変わりました。大会後の施設の活用度でいったら、東京体育館や国立代々木競技場にも負けませんよ。

駒沢オリンピック公園は実に広大で、立体交差の歩道や五重塔を模した管制塔、体育館と競技場と中央広場から成る、それはそれは立派な、どこに出しても恥ずかしくない施設でございます。まあ、一九六四年のオリンピックでは、開会式や閉会式が行われないのは悔しい限りでしたけど、第二会場としてレスリングにサッカー、ホッケー、それからバレーボールの四種目が行われ、それはそれは凄まじい熱気に包まれました。夢のような日々でしたよ。

なにしろあたくし、ずっとこの日を待ち焦がれていたんですから。

そもそもね、東京オリンピックが最初に開催されるはずだったのは、一九四〇年――昭和十五年のこと。一九六四年のオリンピックより、ずーっと前なんですの。そしてその一九四〇年東京オリンピックでメイン会場になるはずだったのが、わが世田谷区駒沢だったんでございます。

もともと世田谷は広大な農地で、駒沢村のはずれは大切山《でんぎりやま》なんて呼ばれた雑木林が広がっていたんですけど、そこへ大正のはじめに東京で最初のゴルフクラブができましてね。東京ゴルフ倶楽部といったら、そりゃあもう名門ですよ。なにしろ摂政宮《せっしょうみや》時代の昭和天皇が、プリンス・オブ・ウェールズ殿下と親善ゴルフをなさったんですからね。

あのころのゴルフっていうのはのどかなものでして、キャディーさんっていうのも本職なんかいませんから、近所の子供たちが小遣い稼ぎにやるんです。立派なクラブハウスが建っていて、そこはちょっとした社交サロンになってたんですよ。お金持ちの紳士が自動車を駆って、やって来たものです。

東京ゴルフ倶楽部は二十年ほどで埼玉の方に移転していきましたけど、ここの跡地こそが、一九四〇年東京オリンピックのメインスタジアムとして、華々しくスポットライトを浴びる予定でしたの。

あたくしは期待に胸を膨らませました。なにしろこのあたり一面、見渡す限り農地でしたから。そういう近代的な施設が造られるのは大歓迎ですよ。

開催に向けて準備がはじまる一方で、もう決定しているオリンピックにいまさらケチを付けるような人も出てきましてね。ちょうど時節も悪く中国と戦争なんかしてたもんだから、みんなそっちを優先するべきだ、なんて言い出して。戦争で鉄鋼をたくさん使うから、競技会場の建築資材も足りないとか、オリンピックなんてやってる国際情勢ではないだろうとかあーだこーだ言って、息巻く奴がたくさんおりました。政治家の連中は、スポーツよりも戦争の方がお好きなのかしらね。だんだん反対派の声の方が大きくなってきて、一九三八年には、ついにオリンピックの開催権を正式に返上してしまったんです。まあ、一九三九年にはヨーロッパで第二次世界大戦が勃発したもんだから、どっちみち開催はされなかったんでしょうけど。戦時色がいよいよ濃くなってからは、防空緑地とか、食糧生産のための農耕地なんかに使われたりもしました。まさに苦難の時代――。そんなわけでこの地にオリンピックが本当にやって来るには、一九六四年まで待たなければなりませんでしたの。

世田谷というと、新興住宅地と思われるかもしれませんけど、それなりの歴史を重ねておりますのよ。ともあれいまは二〇二〇年の東京オリンピックが、無事に開催されることを祈るばかりでございます。

間違ってもどこかと戦争なんかして、せっかくのチャンスを台無しになさらないように。そして競技会場の再検討もお忘れなくね。

―― 世田谷区 ――

23区でもっとも人口が多いのがここ世田谷区。その数なんと約90万人！　これは山梨県や佐賀県を上回る人口で、東京一極集中を物語るスゴい数字である。が、世田谷区は大田区に次いで23区内では2番目に面積が広いため、人口密度は23区中13番目となっている。閑静な高級住宅街のイメージが強く、住人も「世田谷」という名前に自負があるようだが、一方で「世田谷ナンバー導入」には反対運動も起きた。安土桃山時代の楽市を発祥とする大規模なフリーマーケットイベント「世田谷ボロ市」が、年末年始の風物詩になっている。

【駒沢オリンピック公園総合運動場】

東京ゴルフ倶楽部、プロ野球東急（東映）フライヤーズの本拠地球場などを経て、１９６４年の東京オリンピック開催に伴い整備された。そしてご存知のとおり、２０２０東京オリンピックは新型コロナウイルスにより延期が発表された。


【下北沢】

本多劇場をはじめとする小劇場が数多くある、演劇の聖地。ライブハウスや古着屋も多く、なにかを目指す若者が集まってくる賑やかな街。いつ行っても工事中だった下北沢駅も、２０１９年3月ついに完成！


【世田谷文学館】

１９９５年に開館した、23区初の地域総合文学館。世田谷区にゆかりのある文学者の原稿や初版本などのコレクション展示のほか、岡崎《おかざき》京子《きょうこ》展や植草甚一《うえくさじんいち》展、浦沢直樹《うらさわなおき》展、安野モヨコ展など、ヒップな企画展を行う。

団地への招待　板橋区

みなさん、こんにちは。今日はわたし、団地がどんなに素晴らしいところかを喧伝《けんでん》しに、高島平《たかしまだいら》からやって参りました。昔はわざわざこんなアピールするまでもなく、誰も彼もが団地に憧れていたもんですけどね。どういうわけだかいつの間にか、団地がおしゃれな存在じゃなくなったっていうじゃありませんか。信じられないですよ。団地といえば時代の最先端をいく、庶民の憧れの的だったんですから。

この高島平に入居がはじまったのは、昭和四十七年一月二十三日。都心への交通の便の良さから希望者が殺到して、抽選の倍率はなんと二十一倍に達したそうよ。そんじょそこらの名門大学や一流企業より、よっぽど狭き門だったってわけ。これだけでも、当時の団地の人気ぶりが伝わるかしら？

数字に驚くのはまだまだこれから。入居開始から続々と引っ越しラッシュがはじまって、一年で二万九千人がこの団地に住むようになったの。二万九千人。とんでもない数よ！　というのもね、当初は五階程度の中層階の建物を中心に、五千戸弱を造ろうって計画だったらしいんだけど、住宅不足が深刻化して、一気に倍の戸数に変更されたんですって。同じ土地に、予定の倍以上の部屋を造るにはどうしたらいいのか

——答えは簡単、上にのばしちゃえ！

ってなわけでここ高島平団地は、十四階建てを中心とした高層団地になっているの。十四階建てなんて、いまの人は全然高くないと思うかもしれないけど、数年前まではここがただの水田地帯だったことを忘れないでちょうだいよね。ちょうど一年前の昭和四十六年に京王プラザホテルが、地上四十七階の超高層ビルを開業させているものの、十階を超す建物はまだまだめずらしかったんだから。

めずらしいものにワッと飛びつくのは、いつの時代も若い人たち。というわけで、高島平に入居した人の平均年齢は、驚異の二十五歳よ！　あのころはまだ、結婚しても親と同居が当たり前の時代でしょう。新婚さんが水入らずで暮らせる団地は、ちょっとしたラブパラダイスだったのね。あっという間に奥さんたちのお腹が大きくなっ

て、遊具の置かれたプレイロットは、小さな子供たちで溢れ返るようになったの。ちょうどこのころに第二次ベビーブームが到来したと言われてるんだけど、それってズバリ、わが高島平が底上げしたからなんじゃない？　わたしは密かにそう思ってるのよ。

団地に子供たちが溢れていたあのころ、とてもにぎやかだったわ。小さな子供たちのために、保育園ができたり、小学校が増えたり。　人数の多さで、真新しいこの街を動かしてたのよ。それってまさに団塊の世代的でしょう？　パワフルでエネルギッシュな彼らは、希望に溢れ、夢をいっぱい持って、この団地にやって来た。彼らの需要にこたえる形で、スーパーも学校も病院も、生活に必要な施設がどんどん揃っていったの。そうしてこの団地は、完全に独立した街になっていった。街……っていうか社会、ううん、世界だわ。そう、高島平は板橋区の片隅に、一つの世界を形成していったってわけ。なにしろこの団地一つで生活が完結しちゃうんだもの。まるでSF映画みたいでしょう。見た目もちょっと、そんな感じだし。

おもしろいのが、とびっきり無機質な建物の中に、思いっきり有機的な営みが詰まっているってこと。新婚夫婦の間に生まれた小さな小さな赤ちゃんは、すくすく成長して、小学生になり、中学生になり、高校生になり、そしてほとんどの子供たちが、大人になると団地から飛び出して行った。彼らは生まれ育ったこの場所から出て、それぞれの人生を歩きはじめた。それはとても喜ばしいことだけど、同時にすごくさびしいことでもあったわ。

東洋一のマンモス団地と謳われた高島平も、寄る年波には勝てないってところかしら。あの小さかった子供たちが、すでに四十代に突入しているように、あんなに若々しかった初代入居者たちも、みんなおじいちゃんおばあちゃんになっちゃった。団地の老朽化と住人の高齢化は、とても頭が痛い問題だわ。できた当時はなにもかもが新しくてまぶしかったけど、いま見るとそれは軒並み、まごうかたなき〝昭和の香り〟を放っているもの。それがもうおしゃれじゃないってことは、さすがのわたしにもわかる。人口減少とか、空き家問題とか、ニュースでお馴染みのトピックスに、ほぼすべて該当するんじゃないかしら。スクラップ・アンド・ビルドの日本で、すっかり古くなった高島平は、これからどうなっちゃうのかしら。

どんなものだっていつかは古くなるのに、なんでこんな心配しなくちゃいけないのかしらね。都心にあるなんとかヒルズだって、タワーマンションだって、そのうち〝平成の香り〟を放つ日が来るんだから。新しいものを追いかけてるばっかりじゃ、なにかを取りこぼしちゃうのよ。

でもね最近、ちょっと光明が差しているの。それはね、リノベーション！　いい響きでしょう〜。若くてセンスのある人たちの手で、いくつもの部屋がスマートに生まれ変わっているのよ。やっぱり団地は、いつの時代も若い人を惹きつけるものなのね。

かつて時代の最先端をいった団地の魅力はまだまだ健在。広くて安くて住みやすい！　三拍子揃った高島平団地に、今週末あたり、見学に来てはどうかしら。

板橋区

東京23区の北西部に位置し、日本橋から滋賀・草津を結ぶ中山道《なかせんどう》、最初の宿場「板橋宿」として栄えた。現在は都内有数のベッドタウンであり、団地の代名詞ともいえる「高島平」を擁する。かつて板橋の名は都民にしか馴染みがなかったが、地元出身の石橋貴明《いしばしたかあき》によって、一気に全国区となった。曰く「東武練馬に山《やま》下達郎《したたつろう》、下赤塚に尾崎豊《おざきゆたか》、成増《なります》にとんねるず石橋」と、東武東上線沿線にはかなりの大物が揃う。区花「ニリンソウ」の妖精をモチーフにした観光キャラクター「りんりんちゃん」は、素朴で大変かわいらしい。

【いたばしボローニャ子ども絵本館】

ボローニャから寄贈された2万7千冊の絵本を所蔵する、海外絵本専門のめずらしい図書館。旧板橋第三小学校の建物の一部に開架している。ここから中山道を北上した場所にある南蔵院は、しだれ桜の美しい名所である。


【高島平団地】

都心にもっとも近いマンモス団地。もとは徳丸ヶ原と呼ばれた土地で、江戸の砲術家、高島《たかしま》秋帆《しゅうはん》による砲術訓練が行われたことにちなみ、昭和44年に改称された。30棟以上の団地が建ち並ぶ姿は圧巻！　けやき並木も美しい。


【東京大仏】

初詣には高島平の住民も参拝する乗蓮寺。ここに昭和52年、平和を祈って、高さ約13メートルの青銅製の、通称「東京大仏」が建立された。奈良、鎌倉の大仏に次ぐ日本で3番目の大きさのわりに、あまり知られていない。

日本インド化計画　江戸川区

ミナサン、コンニチハ。ココハ東京23区最後ノマチ、江戸川区デス。江戸川区ハ、荒川ト旧江戸川ニ挟マレテイマス。ココニハタクサンノ日本人ガ住ンデイマスガ、インド人モマタ、大勢住ンデイマス。インド料理屋モ街ノアチコチニアリマス。ミナサン、インド料理ハ好キデスカ？　ワタシハ大好キデス。美味シイデスヨネ。ソレカラワタシハ、インド人モ大好キデス。彼ラハ明ルクテ、大ラカデ、楽シイ人タチデス。アマリニモ人懐ッコクテ、時々ビックリサセラレルコトモアリマスガ、オモシロイデス。ソシテ江戸川区ニ住ムインド人ノ多クハ、トテモスマートデ、インテリジェンスガアリマス。

デモ一体ナゼ、ココ江戸川区ニ、大勢ノインド人ガ住ンデイルノデショウカ？

＊　＊　＊

ミナサンゴ存ジノヨウニ、インド人ハトテモ数学ニ強ク、ＩＴ業界デ大活躍シテイマス。ナニシロインドハ、数字ノ「０」ヲ発見シタ国。インド式ナラ、小サナ子供モアットイウ間ニ、２桁ノ掛ケ算ヲ解イテシマウノデス。勉強家デ、努力家デ、トテモ優秀デス。

ソレカラ彼ラハ、英語ガ得意デス。ヒンディー語モ話シマスガ、英語モペラペラデス。チョット訛《ナマ》リガアルケレド、ソンナノハ大シタ問題ジャアリマセン。英語ハ世界ノ共通語ナンデスカラ！　ソンナワケデ彼ラインド人ハ、グローバル企業デ働クノニ、ウッテツケノ人材ナンデスネ。世界的ナＩＴ企業ヲ支エテイルノハ、今ヤインド人ナノデス。

ＩＴトイウト、ミナサンハ、２０００年問題ヲ憶エテイマスカ？　ソウ、西暦２０００年ニナッタ瞬間、世界中ノパソコンガ誤作動シテ、大変ナコトガ起コルンジャナイカトイワレテイタ、イワユルY2K問題ッテヤツデス。今カラ考エルト、随分バカバカシイ話ニ聞コエマスガ、当時ハ大問題！　時ノ首相ガインドヲ訪レ、ビザノ発給ガ緩和サレタリシマシタ。今、多クノインド人ガ日本ニイルノモ、２０００年問題ガキッカケダッタンデス。

ソウシテ来日シタ人ノ多クハ、システムエンジニアデシタ。彼ラハ大手町ヤ日本橋、茅《カヤ》場《バ》町《チヨウ》ナドノオフィス街ニ勤メテイマス。東京メトロ東西線ニ乗レバ、西葛西カラホンノ15分ホドデ行ケルンデス。乗リ換エモナシ！　コレハトッテモ便利デス。ダカラ、イツノ間ニカ、タクサンノインド人ガ集マルヨウニナッタンデスネ。今ヤ西葛西ニ住ム人ノ、20人ニ１人ガインド人ダ、ナンテ言ワレテイマス。

江戸川区ハ、小松菜ヤ朝顔ノ産地トシテ有名デシタ。水ガ綺麗デ豊富ダッタカラ、海苔ヤ蓮根モタクサントレマシタ。蓮根ハ泥ノ中ニ沈ンデ育チマスガ、水面ニハ、ソレハソレハ美シイ蓮ノ花ヲ咲カセマス。

「蓮ハ泥ヨリ出《イ》デテ泥ニ染マラズ」

ナンテ言葉ヲ聞イタコト、アリマセンカ？

蓮華《レンゲ》ハ仏教ダケジャナク、ヒンドゥー教トモ馴染ミガ深イ花デス。

蓮ノ花ガ咲ク時、「ぽっ」ト音ガスルトイイマスガ、江戸川区ハ、ソウイウ美シイ音ニ溢レテイタワケデス。昭和30年ゴロカラ、ダンダン、工業化ヤ宅地化ガ進ンデ、田ンボハ減ッテイキマシタ。ソノカワリ、人ハ増エマシタ。オ年寄リモ多イケド、若イ家族ガタクサン移リ住ンデ来タカラ、子供モ大勢イマシタ。彼ラノ多クハ、公団ニ暮ラシテイマシタガ、ココダト国籍ニ関係ナク入居デキルンデスネ。ナノデ、今デハ多クノインド人ガ、旧公団住宅ニ住ンデイタリシマス。インド人ガ増エテ、ココハトッテモ賑ヤカニナリマシタ。

ワタシハ、港区ヤ渋谷区ニ比ベタラ、地味デ特色ガナイカモシレマセン。デモココニ、インド人タチガコミュニティヲ築イタコトデ、街ニハ未来ヤ可能性ガ広ガッタノデス。新シクインド人学校モデキマシタ。ソコニハ何百人トイウインド人ノ子供タチガ通ッテイマス。彼ラハミンナ、目ヲ輝カセテ、勉強ニ励ンデイマス。ソノ目ヲ見テイルト、高度経済成長ノコロヲ、ワタシハ思イ出シマス。

大都会ニハ、イロンナ人種ガ住ムモノ。

ワタシハ、インド人並ミニ広イ心デ、ソノ変化ヲ楽シモウ、オモシロガロウト決メタノデス。

サテ、デハ改メテ。

一体ナゼ、ココ江戸川区ニハ、大勢ノインド人ガ住ンデイルンダト思イマスカ？

彼ラヲ本当ニ惹キツケテイルモノハ何カ？

＊　＊　＊

アル日、荒川ノホトリニ、一人ノ老人ガ佇ンデイマシタ。白イ髭ヲタップリタクワエタ、長老風ノ男性デス。

ワタシハ彼ニ、コウ尋ネマシタ。

「あなたはそこでなにをしているのですか？」

彼ハ、コチラヲ振リ返ルト、穏ヤカニ微笑ミマシタ。

「故郷ノコトヲ思イ出シテイタンデス」

「はて、故郷とは？」

「インドデス。コノ土手カラコウシテ荒川ヲ眺メテイルト、マルデ、ガンジス河ヲ見テイルヨウナ気持チニナルノデス」

ワタシハ、ナルホドト思イマシタ。

言ワレテミレバコノアタリニハ、河川敷デクリケットヲ楽シムインド人ガタクサンイマス。

ソウカ、彼ラハ故郷ヲ流レル大河ノソバニイルヨウナ、安ラギヲ感ジテイタノカ。

コウシテワタシハ、ココ江戸川区ガ、日本ノインドニナルノモ、悪クハナイナァ、ムシロ、トテモワクワクスルコトジャナイカ、喜バシイコトジャナイカト、思ウヨウニナッタノデス。ワタシハ変化ヲ、積極的ニ受ケ入レテイコウト、決メタノデス。

未来ハ常ニ、変化ノ中ニアルノデスカラ。

ソシテ変化コソ、東京ノ真髄ナノデスカラ。

江戸川区

東京の東端に位置し、江戸川を越えるとそこは千葉県。荒川や中川など区内にはまだまだ川があり、川に魅せられたインド人が数多く住んでいる。インドの人は川のほとりで憩うのが大好きなのだ。水資源に恵まれて公園が多く、子育て支援制度も充実。ということで、出生率が23区内ナンバーワンの〝子育てタウン〟である。とにかく子供が多いので、平均年齢がダントツで若い。江戸時代は御鷹場《おたかば》だった。小松川に鷹狩に来ていた暴れん坊将軍・徳川吉宗は、出された味噌汁に入っていた名もなき葉物野菜を、「小松菜！」と名付けたそうな。

【地下鉄博物館】

鉄道の中でも地下鉄に特化した博物館。愛称は「ちかはく」。初期の銀座線を展示しつつ、開通時の上野駅ホームまで再現するという丁寧な仕事ぶり。運転シミュレーターやジオラマも完備！

【荒川】

川幅日本一（2537メートル）を誇る一級河川。昭和には寒中水泳大会が開かれていた。2002年8月に多摩川に現れたアゴヒゲアザラシのタマちゃんを、翌年4月、荒川で確認！　その後消息を絶っている。

【葛西臨海公園】

都内最大級の都立公園。葛西渚橋を渡った人工干潟が葛西海浜公園。園内には、東日本でトップクラスの入場者数を誇る水族館、葛西臨海水族園もある。芝生ゾーンには、日本最大の大観覧車〝ダイヤと花の大観覧車〟も。

東京の誕生　東京都

東京は、ずっと不思議に思っている。

この変わった形をした島の中の、とりわけ小さな、なんの取り柄もない一地方だった自分が、いつの間にかこんなことになっていることに。あまりの変容ぶりに。

溢れんばかりに人が集まり、彼らはひっきりなしに街をつくり変えていく。首都高という名の、ビルの谷間に渡された空中道路。東京タワーにレインボーブリッジにスカイツリー、次々と現れるランドマーク。ほんの少し前までは、ウサギやタヌキが暮らしていた野に家ができ、やがて住宅は密集していく。

それはどんどん膨張していった。関東平野一帯にびっしりとビルやマンションが並び、線路や道路が敷かれ、わずかな隙間も見つからない。

これは一体どうしたことかと、東京は思っている。

だって、どう考えてもおかしなことだ。ここはそもそも、人が来るような場所じゃなかった。遠浅の海はじめじめと土地を湿らせ、野性味たっぷりの川がいくつも流れて、しょっちゅう氾濫して地形を変えていた。そのうえ荒々しい台地があちこちに隆起した厄介な場所だった。とてもじゃないが、人が住みたがるような場所じゃなかった。

東京は憶えている。ここに、一人の男がやって来た日のことを。

家康と呼ばれたこの男、見た感じはただの老獪《ろうかい》なじいさんだが、ようやく手にした自分の国の有り様に落胆することもなく、淡々と采配を振った。湿地だった土地はみるみるうちに開拓され、ほどなく人が集まりだした。人が増えると、そこから自ずとパワーが生み出される。

お粗末だった江戸城が巨大かつ堅牢なものに変わり、山を削って入江を埋め立て、城下町が形成された。江戸と呼ばれたその町には、百万を超す人間が暮らすようになった。

奇跡を見るような思いだった。人間というのはすごいものだと思った。

けれどそんなのは、まだまだ序の口だったのだ。

江戸は「完成した」という瞬間が、ついぞなかった。

なにしろ火事が多い。キセルに詰めたきざみ煙草の燃えカスを、火鉢にとんとんやった拍子に畳に燃え移る、なんて調子だ。木と紙でできた家は一旦火がつくと手に負えないほど燃えさかり、みっしりと建ち並んだ長屋は、いっぺんに延焼していった。半鐘《はんしょう》がカンカン打ち鳴らされ、空が赤く染まるなんてことはしょっちゅうだった。

明暦三年の一月十八日、こんなことがあった。

本郷の本妙寺《ほんみょうじ》に、若死にした娘を悼《いた》み、振袖を焼こうとした者がいた。突然吹いた強風に、火のついた振袖は空へと舞い上がり、寺の方へひらりと落ちると、あれよあれよという間に燃え広がって、一面が炎の海のようになってしまった。

火は丸二日燃え続け、江戸のほとんどを焼き尽くした。江戸城天守も焼失した。信じられない数の人が死んだ。

焼け野原になった江戸を見渡して、

「終わったな」

と誰もが思った。

でもここからが江戸の凄いところだ。

江戸の町は再建され、ほどなく元の賑わいを取り戻した。そしてまた火事が起こる。町は灰になる。大勢が死ぬ。町がつくられ、火事が起きて、灰になって、もう一度町を築く。ちょっと学習して、火除地《ひよけち》なんかを設けてみる。でもまた火事は起こった。江戸の人々は、火事でそこらじゅうが焼け、ゼロになった方が、むしろさっぱりとした心持ちで腕をまくり、つくり直しているようだった。そういうもんだから、町はここで完成という形のないまま、江戸城を中心に「の」の字形に拡張していく。

そもそも町には、完成という状態がないのだ。


江戸も終焉のときを迎え、東京と呼ばれるようになった。

東京は、最初、ロンドンを目指した。

丸の内には煉瓦《れんが》造りの洋館が建ち並び、それは実に美しかった。木と紙でできた長屋と違い、見るからに頑丈そうな建物だったが、ある日、ほとんどすべてが倒壊した。

関東大震災だ。

すべてを失った東京は、

「終わったな」

と思った。

けれどまた、奇跡が起こる。

街は見事に復興して、また元のように、なにごともなかったかのように、東京として新たに誕生していったのだ。

同じことがもう一度起きている。

戦争で焼け野原となった姿を見て、東京はまた思った。

「終わったな」

けれどなにもなくなった場所に、また人々が戻って来て、建物がつくられ、電車や車が走るようになった。

なにもなくなった街を見渡して、何度絶望しても、人々はまたそこに街をつくるのだった。あちこちに手を加え、完成したと思ったら、壊し、また建て直す。懲《こ》りずに、飽きずに、何度も何度も。

その様子を見て東京は、この人たちは本質的に、江戸のころからなにも変わっていないと思う。

火事で燃えようが、地震で崩れようが、淡々とそれを、どうにかしようとする。そういう習性を見るだに、東京は、かつてこの地にやって来たあの男を思い出した。

東京は思う。

自分は永遠に、完成することがないのだ。

何度も何度も、誕生しつづけるのだ。

底本一覧

「みどり色の記憶」　平成二十四年度版『伝え合う言葉　中学国語3』教育出版株式会社
「果物屋のたつ子さん」「神主の白木さん」
『雪屋のロッスさん』新潮文庫　二〇一一年刊
「バーバのかき氷」『あつあつを召し上がれ』新潮文庫　二〇一四年刊
「テンと月」『千日のマリア』講談社文庫　二〇一七年刊
「ピアノのある場所」『あなたがいる場所』新潮文庫　二〇一三年刊
「おまじない」『また次の春へ』文春文庫　二〇一六年刊
「ムシヤシナイ」『ふるさと銀河線　軌道春秋』双葉文庫　二〇一三年刊
「ああ幻の東京五輪　世田谷区」「団地への招待　板橋区」
「日本インド化計画　江戸川区」「東京の誕生　東京都」
『東京23話』ポプラ文庫　二〇一七年刊

双葉文庫

え-10-03

1日《にち》10分《ぷん》のぜいたく

NHK国際放送《こくさいほうそう》が選《えら》んだ日本《にほん》の名作《めいさく》

2020年10月18日　第1刷発行
2024年 5月27日　第16刷発行

【著者】

あさのあつこ　いしいしんじ　小川糸《おがわいと》　小池真理子《こいけまりこ》
沢木耕太郎《さわきこうたろう》　重松清《しげまつきよし》　髙田郁《たかだかおる》　山内《やまうち》マリコ

【発行者】
箕浦克史

【発行所】
株式会社双葉社
〒162-8540 東京都新宿区東五軒町3番28号
［電話］03-5261-4818(営業部)　03-5261-4831(編集部)
www.futabasha.co.jp（双葉社の書籍・コミックが買えます）

【印刷所】
大日本印刷株式会社

【製本所】
大日本印刷株式会社

【カバー印刷】
株式会社久栄社

【DTP】
株式会社ビーワークス

【フォーマット・デザイン】
日下潤一

ISBN978-4-575-52407-9 C0193
Printed in Japan

双葉文庫　好評既刊

NHK国際放送が選んだ日本の名作　1日10分のごほうび

赤川次郎　江國香織
角田光代　田丸雅智
中島京子　原田マハ
森浩美　吉本ばなな

NHK WORLD-JAPANのラジオ番組で朗読された小説の中から、豪華作家陣の作品を収録。亡き妻のレシピ帳をもとに料理を始めた夫の胸に去来する想い。対照的な人生を過ごす女友達からの意外なプレゼント。ラジオ番組の最終日、ある人へ贈られた感謝のメッセージ……。小さな物語が私たちの日常にもたらす、至福のひととき。シリーズ第二弾！